Guy McLean

Lord Danby – Die Deauville-Affäre

Guy McLean veröffentlichte bei dotbooks in seiner Reihe um Lord Danby:

Lord Danby – Mord auf Asher Castle
Lord Danby – Die Deauville-Affäre

Weitere Bände sind in Vorbereitung. Die Kurzgeschichte *Lord Danby – Das Verbrechen des Jahrhunderts* ist in der eBook-Anthologie *Kerzenschein und Schneegestöber* erhältlich.

Wenn Ihnen dieses Buch gefallen hat, empfehlen wir Ihnen gerne weitere Titel aus unserem Programm. Schicken Sie einfach eine eMail mit dem Stichwort »*PRINT: Lord Danby 2*« an:

lesetipp@dotbooks.de

Wir nutzen Ihre an uns übermittelten Daten nur, um Ihre Anfrage beantworten zu können – danach werden sie ohne Auswertung, Weitergabe an Dritte oder zeitliche Verzögerung gelöscht.

Guy McLean

Lord Danby – Die Deauville-Affäre

Der zweite Fall

dotbooks.

Druckausgabe 2023

Redaktion: Ralf Reiter
Umschlaggestaltung: Wildes Blut – Atelier für Gestaltung
Stephanie Weischer unter Verwendung mehrerer Bildmotive
von © shutterstock
Printed in the EU

ISBN 978-3-96655-125-0

Dramatis Personae

Lord Percival Danby
Sweeney Eliot
im französischen Exil lebender Freund Danbys
Tallulah Quayle
Medium
Julius C. Hartford III.
Amerikanischer Millionär aus Pittsburgh
Jean und Jacques
Kellner im Hotel Normandy Barrière
Sir Horace Avondale
Geschäftsmann aus London
Lady Arleen Avondale
seine Gattin
Major Terry Bishop
der beste Freund von Sir Horace
Clifford Marsh
Avondales Kompagnon
Sheila Nesbitt
Lady Avondales Nichte

Nigel Unsworth
Prokurist bei Avondale & Marsh
Capitaine Henrí Cabillaud
Police municipale Trouville-sur-Mer
Basil Grover
Chief-Inspector bei Scotland Yard

»Wenn Sie mein Mann wären,
würde ich Ihnen Gift in den Tee schütten.«
Lady Astor

»Und wenn Sie meine Frau wären,
würde ich diesen Tee trinken.«
Winston Churchill

ERSTER TEIL

Kapitel 1

Jeder weiß, dass wir Danbys schon immer einen ausgeprägten Sinn für Fairplay hatten. Ich bin stolz darauf, sagen zu dürfen, dass es in der über achthundertjährigen Geschichte unserer Familie ehrwürdige Tradition ist, sich niemals eine Meinung zu bilden, bevor nicht alle Argumente und Gegenargumente wohl erwogen wurden. Es liegt mir daher fern, in die lauten Rufe des Abscheus einzustimmen, die aus den Kehlen meiner britischen Landsleute erschallen, wenn das Gespräch auf das Thema *Frankreich* kommt. Diese einseitige Betrachtungsweise behagt mir nicht. Ich vertrete den Standpunkt, dass auch die guten Seiten Frankreichs gesehen werden müssen. Als da wären die Weine und die Frauen. Beide sind dort oft in solch exquisiter Qualität vorzufinden, dass ich ihnen gegenüber ihren englischen Pendants in aller Regel den Vorzug geben würde. Eine Ansicht, von der bekannt ist, dass sie auch von den meisten meiner illustren Ahnen geteilt wurde, wobei der berüchtigte Charme der Danbys, unser traditionell unverschämt formidables Äußeres sowie Reichtum und Adelstitel behilflich waren, dass man in den Genuss des Letzteren kam, und unsere berühmte eiserne Danbyleber dafür sorgte, dass man den reichlichen Genuss des Ersteren außergewöhnlich gut vertrug.

Nachdem nun die Vorzüge Frankreichs gewürdigt sind, dürfen natürlich auch die Nachteile nicht verschwiegen werden, wobei an erster Stelle der folgende zu nennen wäre: Frankreich ist einfach furchtbar.

Seit Jahrhunderten sind wir Briten mit Frankreich verfeindet, ja wir haben im vierzehnten und fünfzehnten Jahrhundert sogar einen hundertjährigen Krieg gegen die Franzosen geführt. Der genaue Anlass ist mir entfallen, aber ich vermute, wir werden uns schon etwas dabei gedacht haben. Am Rande sei vermerkt, dass auch die Danbys stets zur Stelle waren, wenn es darum ging, Englands Ehre gegen die frechen Franzosen zu verteidigen. Sei es bei der Schlacht bei Azincourt, dem Seegefecht von Trafalgar oder einer anderen Gelegenheit; wir Danbys standen immer an vorderster Front und dies bis in unser Jahrhundert. Es ist gerade einmal einundzwanzig Jahre her, dass mein Großonkel Charles im Weltkriegsjahr 1915 im Alleingang ein französisches Munitionsdepot in die Luft sprengte und fast sämtliche Offiziere der dort stationierten Einheit gefangen nahm. Dass er im Eifer des Gefechts außer Acht gelassen hatte, dass die Franzosen diesmal ausnahmsweise unsere Verbündeten waren, mag als Schönheitsfehler dieser Aktion gesehen werden, ändert aber nichts an ihrer Kühnheit und militärischen Brillanz.

(Möglicherweise hatte mein Großonkel Charles bei seinem Angriff auf das französische Munitionsdepot statt auf deutsche Stellungen auch daran gedacht, dass sowohl unser Monarch, Georg V., als auch der Monarch der Deutschen, Wilhelm II., Enkel unserer Königin Victoria waren und dass dieser Krieg somit im Grunde in der Familie blieb.)

Was nun die zahllosen weiteren Gründe für die Furchtbarkeit Frankreichs angeht, weiß man gar nicht, wo man da anfangen soll. Bei dem grotesken Essen? (Froschschenkel, Schnecken, absurd in die Länge gezogene Brotlaibe), bei der lächerlichen Sprache, die klingt, als würde man mit vollem Munde reden? Beim Eiffelturm, einer völlig sinnlosen Konstruktion, welche die ganze Hauptstadt verschandelt – und selbst manchem Franzosen peinlich ist; so bezeichnete Èmile Zola ihn als *die durchlöcherte Giraffe* und Guy de Maupassant speiste jeden Tag im Restaurant des Turms zu Mittag, da dies der einzige Ort in Paris war, von dem aus man das scheußliche Ungetüm nicht sehen konnte. Fairerweise muss natürlich bemerkt werden, dass auch wir Engländer uns hoch hinaufragende Konstruktionen in unsere Hauptstadt gestellt haben, zum Beispiel die Säule am Trafalgar Square. Aber bei uns steht mit Lord Nelson auf ihrer Spitze ein siegreicher Kriegsheld.

So ergibt das Ganze Sinn. Aber lediglich die Stützkonstruktion ohne die Statue aufzustellen, ist so, als würde man im Museum nur die Rahmen ohne die Bilder aufhängen. Allerdings haben die Franzosen ja auch niemanden aufzubieten, den sie dort oben draufstellen könnten. Der einzige »Franzose«, der in dieser Hinsicht Respektables geleistet hat, war Korse.

Kurz und gut, bislang hat mir noch niemand schlüssig darlegen können, weshalb es dieses Land überhaupt geben muss.

Dennoch befand ich mich an jenem Tage, an dem mein Bericht beginnt – man schrieb den einunddreißigsten Mai 1936 – auf dem Weg nach Frankreich. Nicht aus eigenem Antrieb. Weiß Gott nicht! Ein alter Schulfreund aus meinen Tagen in Eton namens Sweeney Eliot hatte den fatalen Fehler begangen, seine herrliche englische Heimat gegen die Tristesse Frankreichs einzutauschen, und lebte (kann man das überhaupt »leben« nennen?) an der Riviera (welche die Herzensdame unseres Königs, Wallis Simpson, so treffend als den Tummelplatz der Nichtsnutze bezeichnete) in Nizza und versuchte, die Folgen seiner Wahnsinnstat dadurch zu mildern, indem er auf Teufel komm raus seine britischen Freunde zu sich einlud, und nun – offenbar waren alle seine sonstigen Freunde aufgebraucht – hatte es auch mich ereilt. Mehrfach hatte ich sein Ansinnen abzuschmettern gewusst, indem ich behauptet hatte, keine Zeit zu haben, um ganz

Frankreich zu durchqueren, was bisher auch akzeptiert worden war, doch drei Wochen zuvor hatte mir Sweeney telegraphisch mitgeteilt, dass er einen kleinen Urlaub plane und zwar in Deauville, einem hübschen Städtchen in der Normandie, das nur einen Katzensprung von Calais entfernt läge, also praktisch noch in Sichtweite Englands, und dass ich nun endgültig keinen Grund mehr hätte, ihn nicht zu treffen. Dann hatte er mir in den höchsten Tönen von Deauville vorgeschwärmt. Er sprach von der unvergleichlichen Eleganz des mondänen Badeorts, von den prominenten Gästen, die dort seit jeher verkehrten, Persönlichkeiten wie Napoleon III., Camille Saint-Saëns, Coco Chanel, Maurice Chevalier, André Citroën (was nicht allzu viel zu bedeuten hat, das sind schließlich alles Franzosen, denen das nichts ausmacht – gleich den Bewohnern Ägyptens, die das Wasser dort problemlos trinken können, während wir davon schwer krank würden). Er schwärmte von dem Spielcasino, das architektonisch teilweise dem Opernhaus von Schloss Versailles nachempfunden sei, von den (gleich) zwei Pferderennbahnen, von dem modernen Yachthafen und dem herrlichen Strand mit feinstem Sand (ich ziehe den ehrlichen Kies der Strände unser englischen Seebäder jederzeit französischem Sand vor!), er rühmte die schönen Parkanlagen des Parc des Enclos, die herrlichen historischen Villen, die säulen- und mosaikgeschmückten Pompeiischen Badeanlagen und nicht zuletzt das stilvolle Hotel, in dem wir logieren würden, das Normandy Barrière, das zu den besten Luxushotels Frankreichs gehöre. Last but not least ließ er durchblicken, dass Deauville in der Sommersaison traditionsgemäß fast vollständig in der Hand englischer Touristen sei und man – von den nun einmal unentbehrlichen Kellnern abgesehen – erfreulich wenigen Franzosen begegnete.

Dies alles eingedenk und da der alte Sweeney früher ein überaus unterhaltsamer Freund gewesen war, mit dem ich so mancher Kiste vorzüglichen (und auch weniger vorzüglichen) Weines den Garaus gemacht hatte, ließ ich Gnade vor Recht ergehen und sagte zu. Dennoch bedarf es keiner Erwähnung, dass es sich hierbei um einen jener Urlaube handelte, von denen ich mir nicht allzu viel erwartete.

Kapitel 2

In entsprechend melancholischer Verfassung saß ich also an diesem Sonntagmorgen in jenem Taxi, das mich zum Bahnhof bringen sollte; neben mir nur mein handlicher Gladstonekoffer, in dem ich nebst James Boswells großartigem Buch »Samuel Johnson –Leben und Meinungen« nur eine Notration schottischen Whiskys und einige persönliche Utensilien mit mir führte – meine beiden Überseekoffer hatte ich bereits am Tag zuvor aufgeben lassen – und blickte durch den Nebel, der – so wie der hauchzarte Schleier vor dem Antlitz einer bezaubernden Frau – meinem geliebten London auch heute wieder eine Aura von geheimnisvoller Schönheit verlieh.

An der Kings Cross Station bestieg ich den Zug 11.01 Uhr nach Dover. Während ich mich auf der Suche nach meinem Erste-Klasse-Abteil mit allerlei Volk durch den Gang quetschte, bemerkte ich eine Dame, die mich anstarrte. Nun ist es keineswegs ungewöhnlich, dass Damen mich anstarren, ich habe nun einmal diese gewisse Wirkung auf das schwache Geschlecht (erwähnte ich bereits das unverschämt fabelhafte Aussehen der Danbys?), ob ich allerdings dieses Anstarren auch »bemerke«, hängt von der Attraktivität der Starrerin ab. Die komplett in violetten Samt gewandete Dame war zwar auf den ersten Blick durchaus nicht hässlich, doch ein Blick in ihre grünen Augen ließ in mir den Verdacht aufkeimen, dass in ihr der Wahnsinn loderte oder dass sie auf dem Weg dorthin zumindest schon einen Großteil der Strecke erfolgreich zurückgelegt hatte. Mithin zog ich es in vorliegendem Fall vor, nichts zu bemerken, und setzte meinen Weg fort.

Die nächsten drei Stunden verliefen ereignislos. Während ich aus dem Fenster, gegen das von außen unser berühmter flüssiger Sonnenschein prasselte, auf die herrlichen Landschaften Südenglands blickte, gedachte ich meiner Collegejahre in Eton, in denen ich mir mit Sweeney Eliot eine Stube geteilt hatte. Sweeney war stets zu schrulligen Streichen aufgelegt gewesen, so dass mir nun zahlreiche längst vergessene Anekdoten und amüsante Erlebnisse wieder in den Sinn kamen. Ich musste an sein ansteckendes Lachen und seine unverwüstliche gute Laune denken und plötzlich lag mir auch wieder der unverwechselbare Geschmack der berühmten Eton Mess auf der Zunge, ein in Eton erfundenes Dessert, das aus Erdbeeren, zerbrochenen Baisers und Schlagsahne (und, wenn kein Vertreter des Lehrkörpers in Sicht war, einem gehörigen Schuss Likör) bestand. Es würde gut tun, den alten Schweinepriester wiederzusehen und in vergangenen Zeiten zu schwelgen.

Schließlich erreichten wir Dover, wo ich, nachdem mein Pass mit britischer Gründlichkeit ausgiebig überprüft worden war, die Fähre nach Calais bestieg.

Während ich so an der Reling stand und voller Wehmut zusah, wie die weißen Klippen Dovers unaufhaltsam im Meeresdunst entschwanden, kam ich ins Grübeln. Es war fast so, als ob – nun wo ich keinen festen Boden mehr unter den Füßen hatte – mein Verstand im Gegenzug alles daran setzte, sich mit jeder Minute mehr auf dem Boden fester Tatsachen zu befinden und mich mit strenger Miene darauf hinwies, dass ich die Dinge bislang wohl in einem allzu rosigem Lichte betrachtet hatte: Sweeney Eliot war keineswegs ein enger Freund gewesen, sondern lediglich irgendwer, den mir das Schicksal (in Gestalt der Schulleitung) willkürlich als Zimmergenossen zugeteilt hatte. Sicher, für uns blutjunge Narren hatte es sich wohl so ähnlich angefühlt wie Freundschaft, aber doch nur, weil das in diesem Alter nicht allzu viel zu bedeuten hat. Im reifen Mannesalter wählt man seine Freunde mit Bedacht, indem man auf den Charakter, die Ansichten und Überzeugungen achtet; als junger Mensch hingegen lässt man bei der Wahl seiner Freunde wenig Sorgfalt obwalten, sondern ist einfach mit dem Erstbesten befreundet, der gerade in der Nähe rumsteht. Sicher,

Sweeney Eliot mochte damals ein mehr oder weniger netter Bursche voll guter Laune gewesen sein, aber je näher die Küste von Calais rückte, desto deutlicher kam mir zu Bewusstsein, dass wir uns bei unserem Wiedersehen wohl nicht besonders viel zu sagen haben würden.

Ein eisiger Wind, der aus Frankreich herüberblies, riss mich aus meinen Gedanken und veranlasste mich, unter Deck zu gehen. Während ich mir einen Platz suchte, wurde ich erneut des Wahnsinns in Violett gewahr, der mich bereits erspäht hatte und mir aus der Ferne mit einem verkrampften Lächeln zunickte. Leider hatte die Dame bereits scharfäugig registriert, dass ich sie ebenfalls bemerkt hatte, so dass ich mich aus Anstand genötigt sah, ihr ebenfalls zuzunicken, wenn auch in der schroffsten Form, die mir zu Gebote stand.

An dieser Stelle ist ein grundsätzlicher Rat angebracht: Wer noch nie den Ärmelkanal überquert hat, sollte sich glücklich schätzen und es dabei belassen. Manchen mag die scheinbar gemütliche Zurückgezogenheit diese Gewässers – gelegen zwischen zwei äußert dicht beieinander liegenden Ländern – zu dem Trugschluss verleiten, dass es dort, abgesehen von einem gelegentlich beschaulichen Plätschern, ruhig zugeht. Nichts könnte weiter von der Wahrheit entfernt sein: Der Ärmelkanal verbindet die Nordsee mit dem Atlantischen Ozean und bedient sich bei beiden Meeren gierig mit allem, was diese an Tücke und Wildheit auf Lager haben. Der Wellengang auf dem Ärmelkanal kann nur als monströs bezeichnet werden und bietet Passagieren, die zur Seekrankheit neigen, reichlich Anlass, dieser Neigung zur frönen – und denen, die bisher nicht darunter gelitten hatten, die Gelegenheit, etwas dazuzulernen. Ich ziehe es daher vor, über den Rest der Überfahrt den barmherzigen Mantel des Schweigens auszubreiten. Es genügt zu sagen, dass wir Calais mit vierzig Minuten Verspätung erreichten und nachdem auch mein Pass mit französischer Umständlichkeit ausgiebig überprüft worden war, lag die Verspätung bereits bei einer vollen Stunde. Der Zug nach Deauville war jedoch nicht fahrplanmäßig abgefahren, sondern hatte auf uns gewartet. (Eines muss man den Franzosen lassen: Warten können sie.)

Nun war ich also unwiderruflich in Frankreich und während ich aus dem Fenster meines Abteils gegen die blendende Sonne auf die trübsinnige Landschaft der französischen Küste blickte, fielen die letzten verklärten Erinnerungen von mir ab und mir kam nun kristallklar zu Bewusstsein, was für ein unangenehmer Patron dieser Mr. Eliot schon immer gewesen war (auch wenn ich es früher nicht richtig bemerkt hatte.). Ich erinnerte mich wieder schmerzvoll an sein schrilles und höchst enervierendes Gelächter, in das er alle Naselang, ohne erkennbaren Grund, ausbrach, sowie an seine üblen Streiche, deren Opfer mehr als einmal ich selbst gewesen war, und verfluchte den Tag, an dem ich ihm zum ersten Mal begegnet war. Unter anderen Umständen wäre ich am nächsten Bahnhof ausgestiegen und hätte mich stante pede auf die Rückreise gemacht, doch leider hatte ich ihm mein Kommen nun einmal zugesagt und jeder weiß, dass wir Danbys – komme was da wolle – ein einmal gegebenes Wort niemals brechen.

Solche und ähnlich düstere Gedanken in mir bewegend, fuhr ich weiter gen Deauville, das, wie ich inzwischen erfahren hatte, im Department Calvados gelegen ist – ein, wie ich einräumen muss, geschickter Schachzug der Franzosen. Da ihnen die Mängel ihres Landes natürlich tief im Inneren schmerzlich bewusst sind, haben sie sich auf die raffinierte, ja man muss schon fast sagen perfide Strategie verlegt, Städte, ja ganze Landstriche, dadurch aufzuwerten, indem sie diese nach Alkoholsorten wie Calvados, Armagnac, Champagne, Burgunder, Cognac, Chablis, Chardonnay, Beaujolais oder Bordeaux benennen, was diese Gegenden dem ahnungslosen Fremdling natürlich auf den ersten Blick ungemein attraktiv erscheinen lässt, aber letztlich natürlich nicht das Geringste an dem bösen Erwachen ändert, das ihn unverzüglich ereilt, wenn er dort eintrifft.

Apropos böses Erwachen: Das monotone Rattern des Zuges, gepaart mit der grundsätzlichen Langeweile Frankreichs, hatte mich in einen tiefen Schlummer fallen lassen, aus dem ich erst kurz vor Honfleur erwachte.

Erfrischt schlug ich die Augen auf, doch angesichts dessen, was sie zu sehen bekamen, fuhr mir sofort gehörig der Schreck in die Glieder: Mir gegenüber saß jetzt die wahnsinnige Dame und fixierte mich wie eine Katze (eine absolut wahnsinnige Katze!), die vor dem Mauseloch lauert.

»Wünsche, wohl geruht zu haben«, gurrte sie scheinbar freundlich, aber doch mit einem gewissen Unterton, ganz so, als müsste ich ein schlechtes Gewissen haben, dass ich in ihrer Anwesenheit geschlafen hatte. Ich nickte knapp und bedauerte so sehr wie selten zuvor in meinem Leben, dass ich keine *Times* mit mir führte, hinter die ich mich nun hätte retten können.

»Ich hoffe, Sie haben nichts dagegen, dass ich mich zu Ihnen ins Abteil gesetzt habe?«, fragte sie und fuhr klugerweise sogleich fort, so dass ich keine Gelegenheit hatte, etwas darauf zu entgegnen. »Sie sind in diesem Zug die einzige Person mit Niveau«, versuchte sie mir erfolglos zu schmeicheln (denn das war mir natürlich schon vorher klar gewesen). Sie rümpfte die spitze Nase. »Ansonsten sind überall nur Franzosen und was die Engländer hier betrifft, handelt es sich offenkundig sämtlich um Hohlköpfe.« (Auch das lag auf der Hand, warum sonst sollten sie wohl nach Frankreich reisen?) Ich nickte so knapp, dass man schon ein ausgesprochen leistungsstarkes Mikroskop benötigt hätte, um die Bewegung zu entdecken, doch offenbar immer noch nicht knapp genug, um die Dame zu entmutigen, denn nun hielt sie mir ihre mit drei Ringen (verziert mit billigen Klunkern) geschmückte Hand hin. »Tallulah Quayle.«

Ich übersah die Aufforderung zum Handkuss (wir Danbys sind berühmt für unser Talent, Dinge zu übersehen) und schüttelte ihr kurz die Hand nach der Art, wie man es auf Beerdigungen tut, ein einzelner knapper Ruck, nebst eines ernsten Zunickens. »Danby.«

Doch offenbar sind nicht nur wir Danbys gut im Übersehen von Offensichtlichem, Tallulah Quayle stand uns in dieser Fähigkeit um kein Jota nach.

»Angenehm, Mr. Danby. Sind Sie nicht auch der Ansicht, dass nichts über ein gutes Gespräch zwischen Menschen von Niveau geht?«

»Zweifellos«, erwiderte ich höflich, »doch sind es nur noch wenige Meilen bis Deauville, wo ich leider aussteigen muss.«

Mit weit aufgerissenen Augen starrte sie mich an. »Das ist ja unglaublich. Ich auch!«

»Ach, was für ein Zufall«, kommentierte ich die unerfreuliche Offenbarung.

»Zufall?« Tallulah Quayle lehnte sich weit vor und blickte mir tief in die Augen. »Es gibt keine Zufälle. Ich hab es gleich gespürt. Erst befanden wir uns im selben Zug, dann auf derselben Fähre, und nun erneut im selben Zug.«

Das ist nun einmal der Weg von London nach Deauville, dachte ich, *und es trifft auf hunderte von weiteren Personen ebenfalls zu.*

»Das ist Kismet«, fuhr die wahnsinnige Miss (einen Ehering hatte ich nicht entdecken können, es hätte mich auch sehr gewundert) Quayle fort. »Sie müssen Jungfrau sein.«

»Bitte was?« Die Dame schien nun gänzlich in die Gefilde des Irrsinns übergewechselt zu sein.

»Jungfrau. Das Sternzeichen. Hab ich recht?«

Nun hab ich noch nie etwas für diesen Astrologie-Mumpitz übriggehabt, aber im Laufe von fünfunddreißig Lebensjahren bleibt es nun mal nicht aus, dass man – buchstäblich gegen seinen Willen – erfährt, unter welchem Sternzeichen man geboren ist. Es war auch nur deshalb in meinem Gedächtnis haften geblieben, weil es zufällig das einzige Zeichen war, welches, zumindest von der Symbolik her, etwas taugte. »Ich bin Löwe«, versetzte ich.

»Löwe!«, jauchzte sie. »Ich wusste es! Und ich bin Skorpion. Es ist Schicksal, dass wir ein gemeinsames Ziel haben.«

»Das halte ich für recht unwahrscheinlich.«

Sie sah mich mitleidig an. »Die Sterne lügen nicht, Mr. Danby. Die Sterne lügen nicht.«

»Richtig, Miss Quayle. Aber doch nur deshalb, weil sie nicht reden können.«

Auch das ignorierte Miss Quayle ostentativ. Stattdessen grapschte sie nach meiner Hand und bevor ich sie wegziehen konnte, hatte sie sich schon tief über meine Handfläche gebeugt und studierte mit gierigen Blicken, die einem Vampir alle Ehre gemacht hätten, die darauf befindlichen Linien. Mit einem Mal erschrak sie. Sie spießte meine Hand mit ihrem Zeigefinger auf und blickte mir tief betroffen in die Augen. »Hüten Sie sich vor einem Mann, der nicht lebt, sonst werden Sie Deauville nicht lebend verlassen.«

Ich zog ironisch eine Augenbraue hoch. »Ich soll mich vor einem toten Mann hüten? Was könnte der mir schon tun?« (Dass ich Handleserei ohnehin für Humbug hielt, erwähnte ich erst gar nicht.)

»Kein Toter Mann«, wisperte sie dramatisch. »Ein Mann, der nicht lebt!«

In diesem Augenblick quietschten schrill die Bremsen unseres Zuges und wir rollten langsam in den Bahnhof von Deauville ein.

Kapitel 3

Obwohl mir das zweifelhafte Vergnügen, die Anwesenheit von Miss Quayle zu genießen, nur kurz vergönnt gewesen war, hatte es mir doch vor Augen geführt, dass im Vergleich zu ihr der gute alte Sweeney die beste Gesellschaft war, die man sich nur wünschen konnte, und meine finsteren Beurteilungen seiner Person lösten sich in Wohlgefallen auf. Ja, ich freute mich nun geradezu darauf, ihn wiederzusehen. (Man darf auch nicht vergessen, dass er abgesehen von Miss Quayle der einzige Brite war, den ich hier im französischen Exil kannte.) Sweeney hatte in seinem letzten Brief angekündigt, dass er mich am Bahnhof erwarten würde, also verabschiedete ich mich eilig von meiner verrückten Reisebekanntschaft, stieg aus dem Zug und hielt Ausschau nach meinem Freund. Da er sich nicht auf dem Bahnsteig befand, verließ ich das Bahnhofsgebäude, doch auch dort war weit und breit keine Spur von ihm zu entdecken. Also nahm ich ein Taxi und ließ mich zum Hotel Normandy Barrière chauffieren. Wenn ich's recht überlegte, hätte es ohnehin nicht zu Sweeney gepasst, wenn er daran gedacht hätte. Wahrscheinlich planschte er gerade selig im Meer herum, spielte Tennis oder (die wahrscheinlichste Variante) schlürfte gerade Cocktails mit einigen charmanten Damen.

Als ich dem Taxi entstieg, war ich angenehm überrascht. In diesem Falle hatte Sweeney nicht zuviel versprochen. Das Normandy Barrière machte äußerlich einen hervorragenden Eindruck und dieser verstärkte sich noch, als ich die luxuriöse Hotellobby betrat, die es – wie mir schien – beinahe mit der eines britischen Grand Hotels aufnehmen konnte.

Doch die Freude war nur von kurzer Dauer; bereits an der Rezeption erlebte ich eine weitere unangenehme Überraschung: Der Concierge teilte mir in kaum verständlichem Englisch (der Mann hatte einen starken französischen Akzent) mit, dass Mr. Eliot noch nicht eingetroffen sei. Das verstimmte mich ein wenig, aber gemäß der alten Devise des englischen Adels »Never complain, never explain« ließ ich mir nichts anmerken und bezog zunächst mein Zimmer im ersten Stockwerk des Hotels. Es verfügte über einen prächtigen Marmorboden aus schachbrettartig verlegten schwarzen und weißen Kacheln, Chintzvorhängen an der Balkontür und war luxuriös im Louis-Quinze-Stil eingerichtet. Nur die vielen gerahmten kleinen Zeichnungen und Photographien, die Deauville in der Zeit zeigten, als es noch ein einfaches Fischerdorf gewesen war, wollten nicht recht dazu passen. Mit Wohlgefallen registrierte ich, dass mein Gepäck nicht nur bereits eingetroffen, sondern auch ausgepackt und eingeräumt worden war. Plötzlich klopfte es an der Tür. Ich öffnete; draußen stand ein Page mit einem Silbertablett, auf dem ein Telegramm für mich lag. Es lautete wie folgt:

BIN IN PARIS STOP UNVORHERGESEHENER
ZWISCHENFALL STOP WEITERREISE VERZÖGERT SICH
STOP EINTREFFE HEUTE ABEND STOP
SWEENEY

Verärgert trat ich ans Fenster, grübelte vor mich hin und blickte eine Weile auf das Meer hinaus.

Trotz größten Bemühens war es mir nicht möglich, England von hier aus zu erkennen, und ich beschloss, bei nächster Gelegenheit einen Feldstecher zu erwerben.

Kapitel 4

Der Abend kam. Wer nicht kam, war Sweeney. Stattdessen erreichte ich mich ein weiteres Telegramm des Inhalts, dass er erneut aufgehalten worden sei und nun erst gegen morgen Mittag eintreffen würde. Ich muss zugeben, jetzt war ich ernstlich verstimmt. Falls dies einer von Sweeneys berüchtigten Streichen sein sollte, war es eindeutig der übelste, den er mir je gespielt hat. Mein erster Impuls war, augenblicklich abzureisen, doch ich tat es nicht. Zum einen, weil ich die Auffassung vertrete, dass man als Engländer unvorhergesehene Misshelligkeiten mit Würde zu tragen hat, zum anderen, weil, wie ich anhand eines an der Rezeption ausliegenden Fahrplanes feststellte, der letzte Zug von Deauville nach Calais bereits vor vierzig Minuten abgefahren war und dass es zwar am folgenden Tag zwei Züge gab – 10.57 Uhr und 18.57 Uhr (außer montags) – jedoch in Calais erst am übernächsten Tag um 15.20 Uhr wieder eine Fähre nach Dover abfuhr, was einen ganzen Tag Aufenthalt in Calais bedeutet hätte, so dass mir ein weiterer Tag in Deauville als das kleinere Übel erschien.

Hätte ich geahnt, dass ich schon sehr bald in einen höchst ominösen Mordfall verwickelt werden würde, bei dem auch mein eigenes Leben auf dem Spiel stand, wäre ich notfalls auch zu Fuß nach Calais gelaufen. Doch der Reihe nach: Von den Ereignissen des Tages ermattet, begab ich mich in das Hotelrestaurant – einen prächtigen Saal mit einem riesigen Kristalllüster – der bereits zum Bersten mit elegant gekleideten Gästen gefüllt war, so dass ich Glück hatte, den letzten noch freien Tisch zu ergattern. Aus dem Stimmengewirr hörte ich viel Englisch heraus, was mich verwunderte. *Mich* hatte man moralisch unter Druck gesetzt, hierherzureisen, welche Entschuldigung all die anderen hatten, konnte ich mir nicht denken.

Da mein Französisch zwar recht brauchbar ist, jedoch wiederum nicht so brauchbar, dass es den Spezialitäten einer französischen Speisekarte Paroli bieten könnte, beging ich den Fehler, auf das Angebot des Kellners hereinzufallen – eines hochgeschossenen Burschen, der sich als Jacques vorstellte und einen hochgezwirbelten Schnurrbart trug, der eher zu einem Maler oder Bildhauer gepasst hätte – und mir die örtliche Spezialität servieren zu lassen. Ein unentschuldbarer Fauxpas meinerseits, hatte ich doch in meiner Erschöpfung vergessen, dass örtliche Spezialitäten grundsätzlich nichts taugen, denn taugten sie etwas, hätten sie sich ja weltweit durchgesetzt und wären keine örtlichen Spezialitäten geblieben. Der vorliegende Fall war das beste Beispiel dafür. Der Kellner brachte mir einen Camembert und einen Apfelwein namens Cidre doux, den ich nach dem ersten Schluck nicht einmal als Wein erkannte, sondern mich erst anhand des Etikettes vergewissern musste, dass es wirklich welcher war, genauer gesagt: wirklich welcher sein sollte. Der Alkoholgehalt betrug gerade einmal blamable 2,5 %, was dieses Getränk meiner Ansicht nach zu einem reinen Übungswein für Kinder macht, der von Rechts wegen an Erwachsene gar nicht abgegeben werden dürfte.

Hinter meinem Rücken vernahm ich ein sonores Lachen. »Spezialitäten der Normandie bestellt, was? Anfängerfehler, Kumpel. Aber trösten Sie sich, ist mir auch passiert.«

Ich drehte mich um und erblickte am Nebentisch einen stark übergewichtigen, rotgesichtigen Mann in einem zweifellos teuren, aber doch etwas geschmacklosen Anzug.

»Wie meinen?«

Der Mann lachte dröhnend. »Die drei großen Cs der Normandie. Die ersten beiden kennen Sie nun: Cidre und Camembert. Der Trick ist, sich an das dritte C zu halten: Calvados.«

Ich betrachtete mein Gegenüber genauer. Offensichtlich war er ein Bursche, der wusste, worauf es ankam.

Der Mann streckte mir seine mächtige Pranke hin und stellte sich vor. »Julius C. Hartford III. Das C. steht für Cäsar. Meine Eltern hatten einen Spleen für die alten Römer.«

Ich schüttelte herzlich seine Hand. »Percival Danby. Meine Eltern hatten einen Spleen für die Ritter der Tafelrunde.«

»Freut mich. Wie ich sehe, speisen Sie allein.«

»Ich bin auf Einladung eines Freundes hier, doch seine Anreise verzögert sich leider.«

»Und meine Frau wandelt hier von morgens bis abends auf den Spuren von Eugène Boudin.«

»Wer?«

»Eugène Boudin. Ein berühmter Impressionist. Was immer das sein soll. Er hat wohl hier in Deauville sein Unwesen getrieben. Wollen Sie mir nicht Gesellschaft leisten und wir machen gemeinsam diesem Calvados den Garaus?« Er deutete auf eine noch fast volle Flasche auf seinem Tisch. »Außerdem verrate ich Ihnen, welches Gericht von der Speisekarte Sie bestellen und was Sie alles weglassen müssen, damit es ein vernünftiges Steak ist.«

»Das lässt sich hören.« Ich wechselte an seinen Tisch und wir kamen ins Gespräch. Wie sich herausstellte, war er kein Engländer, was mich angesichts seines Aufzuges auch verwundert hätte, sondern er stammte aus den Kolonien, genauer gesagt aus einem Ort namens Pittsburgh (benannt nach unserem früheren Premierminister William Pitt) im Bundesstaat Pennsylvania (benannt nach dem britischen Juristen William Penn). Dennoch schien er aber ganz ordentliche Ansichten zu haben, besonders über die Franzosen, die er für reichlich verrückt hielt. Nachdem wir zwei Flaschen Calvados lang herzhaft über die Franzosen gelästert hatten, kamen wir auf Persönliches zu sprechen.

»Was machen Sie beruflich, Danby?«, fragte Hartford, während er genüsslich an einer dicken Zigarre sog.

»Von solcherlei Aktivitäten habe ich mich bislang ferngehalten. Die Welt der Arbeit übt wenig Reiz auf mich aus. Und Sie?«

Ein stolzes Glühen überzog das Gesicht von Julius C. Hartford. Zu Recht: Wie sich herausstellte, war er nicht nur der Erfinder, sondern auch Monopolhalter der Weltrechte des berühmten Hartford-Schirmes, jener kleinen Schirmchen, die man in Cocktails steckt. Ehrfürchtig schüttelte ich ihm die Hand. »Es ist mir eine Ehre, hier mit Ihnen zu sitzen, Sir. Lassen Sie mich Ihnen im Namen aller Cocktailtrinker der Welt danken. Sie haben diesen Planeten zu einem lebenswerteren Ort gemacht.«

Eine Weile tauschten wir uns über Spirituosen mannigfaltigster Art aus und stellten fest, dass wir in allem ein und derselben Meinung waren. Angefangen über das Land, welches die besten Whiskys brannte (Irland), über die korrekte Temperatur von Champagner (sechs

Grad) bis hin zu unserer Abscheu gegenüber Eiswürfeln, die nicht nur unnötig waren, wenn das Getränk perfekt gekühlt serviert wurde, sondern die auch – und das war erschreckend vielen Menschen offenbar gar nicht in seiner vollen Tragweite bewusst – aus Wasser bestanden und den Alkohol in unverantwortlicher Weise verdünnten.

Es war bereits zwei Stunden später, als Hartford schließlich auf seine zweite große Leidenschaft zu sprechen kam. »Sehen Sie den Kellner dort drüben, Danby?« Er zeigte auf Jacques, der uns den ganzen Abend über bedient hatte.

»Sicher, was ist mit ihm?«

»Mit ihm stimmt etwas nicht. Ich wette um fünf Dollar, dass Sie nicht erraten können, was es ist.«

Im Kopf überschlug ich, dass fünf amerikanische Dollar in richtiges Geld umgerechnet etwa einem britischen Pfund entsprachen. Dann musterte ich Jacques. »Mir fällt nichts Besonderes auf«, gestand ich.

»Es ist aber etwas Eklatantes. Ich versichere Ihnen, eklatanter geht's schon gar nicht mehr.« Hartford gluckste listig in sich hinein. »Also, Danby, nehmen Sie die Wette an oder wollen Sie kneifen?«

Ich hatte keine Vorstellung, worauf das hinauslaufen sollte, aber schließlich konnte ich mich ja nicht gut beschuldigen lassen, einer Herausforderung aus dem Weg zu gehen. Eine Abneigung, welche alle Danbys seit jeher teilen und die im Laufe von acht Jahrhunderten dazu geführt hat, dass eine erkleckliche Zahl meiner Vorfahren in Duellen mit Waffen, die sie nicht in wünschenswerter Weise beherrschten, ehrenvoll gefallen ist. »Also gut, ich nehme an.«

»Wunderbar!« Hartford strahlte übers ganze Gesicht. »Also bitte, Danby, sehen Sie sich den guten Jacques genau an. Was stimmt nicht mit ihm? Lassen Sie sich ruhig Zeit.«

Ich zog mein silbernes Zigarettenetui hervor, zündete mir eine türkische Zigarette an und begann, den Kellner genauer zu mustern. Wenn es tatsächlich so eklatant war, musste es doch zu erkennen sein. Ich studierte seine Kleidung, sein Gesicht, die Art, wie er die Gäste an den Tischen bediente, doch soviel ich auch musterte und studierte, abgesehen von dem albernen Schnurrbart wollte mir nichts Bemerkenswertes an ihm auffallen.

»Nun?« Hartford grinste diabolisch.

»Ich fürchte, ich weiß es nicht.«

»Sie geben auf?«

»Richtig. Also, was stimmt nicht mit Jacques?«

»Ganz einfach. Und wenn ich es Ihnen nun verrate, werden Sie mir zustimmen, dass es eklatanter gar nicht mehr geht.«

»Ich höre?«

»Nun …« Hartford lehnte sich selbstzufrieden zurück. »Das ist nicht Jacques.«

»Wie bitte?«

»Ganz recht. Das ist sein Bruder Jean. Sie sehen vollkommen gleich aus.« Er zeigte auf einen Punkt hinter mir. »Falls Sie mir nicht glauben wollen: *Das* ist Jacques.«

Ich drehte mich um und blickte hinter mich. »Teufel auch!«, entfuhr es mir. Hartford hatte recht. Dort befand sich ein Kellner, der aufs Haar genauso aussah.

Hartford lachte leutselig. »Trösten Sie sich, ich habe eine Woche gebraucht, um zu bemerken, dass es zwei sind, und eine weitere Woche, um sie unterscheiden zu können. Ihre Art zu gehen ist nicht exakt gleich, aber abgesehen davon ist es ein Ding der Unmöglichkeit.« Mehr als zufrieden zog er an seiner Zigarre.

Nun erschloss sich mir beim besten Willen nicht, welchen Sinn man darin sehen konnte, verschiedene Franzosen auseinander zu halten, aber Wette war nun mal Wette. Ich holte meine Brieftasche hervor und beglich meine Schuld. Die gierige Art, mit der Hartford nach der Pfundnote griff, überraschte mich; der Mann war schließlich Millionär. Offenbar hatte er meinen irritierten Blick bemerkt. »Ich liebe das Wetten«, erklärte er. »Ich liebe es!«

Wie sehr er es liebte, sollte ich bald feststellen. Noch ahnte ich nicht, dass mich Hartfords Wettleidenschaft schon sehr bald in große Schwierigkeiten stürzen würde.

Kapitel 5

Es war noch ein langer Abend geworden und ich war erst tief in der Nacht und glänzender Laune ins Bett gefallen. Ich hatte mich in solcher Hochstimmung befunden, dass mir nicht mal der Lärm aus den beiden Zimmern links und rechts von meinem etwas anhaben konnte. Bei näherer Betrachtung stellte ich fest, dass es eigentlich gar kein Lärm war, sondern Geräusche und Gespräche von normaler Lautstärke, dass jedoch die ursprünglich hochherrschaftlich großen Zimmer des Hotels offenbar irgendwann in zahlreiche kleinere aufgeteilt worden waren und der (französische) Architekt zu diesem Zweck sehr dünne Wände verwendet hatte, durch die man gerade so eben nicht hindurchsehen, aber dafür jeden Atemzug des Zimmernachbarn sehr mitverfolgen konnte. Dennoch war ich am folgenden Morgen mit immer noch von Glanz strotzender Laune aufgestanden, doch kaum hatte ich im Speisesaal am Frühstückstisch Platz genommen, hörte meine Laune auf zu glänzen. Statt eines normalen Frühstücks, bestehend aus Porridge, gegrillten Tomaten und Champignons, Räucherheringen, Toast mit bitterer Orangenmarmelade, gebackenen Bohnen, Blutwurst, sowie Tee mit Milch, wie es jeder zivilisierte Mensch zu sich nimmt, servierte Jacques oder Jean mir Kaffee und ein verbogenes Gebäck namens Croissant, das sich nicht entscheiden konnte, ob es Brot oder Kuchen sein wollte. Überdies erreichte mich ein weiteres Telegramm von Sweeney, in dem er mir mitteilte, dass seine Abreise in Paris nun unmittelbar bevorstünde und dass er irgendwann im Verlaufe des morgigen Tages eintreffen würde, allerspätestens aber am Tag darauf.

Verärgert darüber, dass nun ein weiterer Tag verloren war, beschloss ich, einen Spaziergang durch den Ort zu machen, doch als ich das Hotel verlassen wollte, wurde ich an der Rezeption aufgehalten und man übereichte mir einen Umschlag, auf dem mein Name stand. Ich riss ihn auf und fand darin eine handgeschriebene Karte.

Sehr geehrter Lord Danby,

Sir Horace Avondale erlaubt sich,

Sie zu einer Cocktailparty

an Bord seiner Yacht Caledonia

einzuladen.

Heute 20.00 Uhr. Pier 2. Abendgarderobe.

RSVP

Der Name Sir Horace Avondale sagte mir nichts, dennoch war ich von dieser Einladung nicht sonderlich überrascht. Ich war es von London gewohnt, dass Leute mit Geld, aber ohne ernstzunehmenden Titel ihre Gesellschaften gern aufwerteten, indem sie einen echten Lord – oder zur Not auch nur einen Filmschauspieler – einluden. Im Laufe des Tages stellte ich allerdings fest, dass Avondales Einladungen nicht gerade exklusiv waren, sondern dass er diese wie Konfetti unters Volk streute und so ziemlich jeden Hotelgast eingeladen hatte, solange er nur Brite war. Da ich das für ein höchst vernünftiges Auswahlkriterium hielt und überdies ohnehin nichts Besseres vorhatte, beschloss ich, diese Party mit meiner Anwesenheit zu beehren, und bat den Rezeptionisten, Sir Horace davon in Kenntnis zu setzen.

Kapitel 6

Wenige Minuten vor 20.00 Uhr erreichte ich Pier 2. Es lag nicht allzu weit vom Hotel entfernt, die Aussicht, an Bord der Caledonia für ein paar Stunden wieder englischen Boden unter den Füßen zu haben, beflügelte mich und so hatte ich an diesem schönen Spätsommerabend beschlossen, kein Taxi zu nehmen, sondern einen kleinen Spaziergang in der warmen Abendluft zu genießen.

Am Pier hatten sich bereits zahlreiche Ladies und Gentlemen eingefunden, die Herren, wie auch ich, im Smoking, die Damen in eleganten Abendkleidern. Alles schien bestens organisiert zu sein. Schnittige Motorboote brachten uns zu der einige hundert Yards draußen vor Anker liegenden Caledonia, deren Lichter in der Abenddämmerung magisch im Wasser funkelten. Aus der Ferne wehte uns Cole Porters *Night and Day* entgegen.

Ich war einer der letzten Ankömmlinge an Bord und kaum hatte ich mich in dem gut gefüllten eleganten Saal umgesehen und davon überzeugt, dass die Bar nicht nur bestens sortiert, sondern auch ausreichend bestückt war, stieg ein stämmiger Mann auf einen Stuhl und klopfte mit einer Gabel an sein Glas. Ich vermutete, dass es sich um unseren Gastgeber, Sir Horace Avondale, handelte. Er war Mitte fünfzig, hatte sich aber gut gehalten. Er trug ein Menjoubärtchen sowie eine weiße Admiralsuniform nebst dazugehöriger Mütze. Die Uniform stand ihm sehr gut, jedoch ohne Zweifel nicht zu. Es war allerdings nicht das erste Mal, dass ich erlebte, dass Besitzer von Yachten diese als ihr eigenes kleines Königreich betrachteten, in dem die Regeln der Welt da draußen für sie nicht mehr galten. Avondale schien auch einer von dieser Sorte zu sein. Er verzog einen Mundwinkel zu einem sarkastischen Grinsen und wartete, bis Ruhe eingetreten war. »Darf ich kurz um Aufmerksamkeit bitten, keine Sorge, ich mach es kurz. Liebe Freunde, Weggefährten, Mitarbeiter, die ihr mit mir durch Tiefen und Höhen gegangen seid und die ihr mir am meisten bedeutet – aber auch all ihr anderen Schnorrer, die ich kaum kenne – seid mir herzlich willkommen auf meinem bescheidenen Kahn. Es ist von jeher ein grausamer Scherz der Natur gewesen: Je länger ein Mensch Übung im Jungsein hat, desto schlechter beherrscht er es. Darum lasst uns heute Nacht das Leben in vollen Zügen genießen, solange wir es noch können.«

Einige Gäste lachten, andere applaudierten. Die Party war eröffnet. Ich entdeckte, dass sich auch meine neue

Bekanntschaft Julius C. Hartford III. unter den Gästen befand. (Offenbar hatte ihn Avondale aufgrund seines Namens eingeladen, ohne sich darüber im Klaren zu sein, dass jener kein Brite war, sondern nur Amerikaner.) Hartford stand neben einer griesgrämigen Dame, deren Gesicht stark an eine Eule erinnerte (zweifellos seine kunstinteressierte Gattin), und schien sich, verständlicherweise, nicht sonderlich zu amüsieren. Ich ging ans Büfett und holte mir etwas Roastbeef. Die Teller, die Schüsseln und das Besteck kamen mir seltsam bekannt vor. Dann kam ich drauf. Sie stammten aus dem Hotel. Auch die Kellner Jacques und Jean (oder waren es Jean und Jacques?), die jeder ein Tablett mit vollen Champagnergläsern durch die Menge bugsierten, entdeckte ich. Offenbar verfügte Sir Horace über kein eigenes Personal und hatte bei allem, was für den heutigen Abend benötigt wurde, auf die Dienste des Hotels zurückgegriffen und dabei dankenswerterweise darauf bestanden, dass seinen geschätzten Gästen ausschließlich englisches Essen serviert wurde. Ich kostete das Roastbeef, es war zart und deliziös. (Offenbar handelt es sich bei der französische Küche also nicht um Unfähigkeit, sondern um Vorsätzlichkeit, was den Fall noch gravierender macht!)

Avondale war zweifellos ein Gastgeber, dem nichts zu viel war, um seinen Gästen ein Maximum an Genuss zu bieten, nur eines hatte er offenbar vergessen: einen Barkeeper. Oder, was noch wahrscheinlicher war, dieser war im Hotel nicht entbehrlich gewesen. Ich begab mich daher an die Bar und mixte mir selbst einen Singapore Sling, genaugenommen die traditionelle Danby-Variante eines Singapore Slings, bei der nicht nur die Eiswürfel, sondern auch das Sodawasser weggelassen werden. Nebenbei registrierte ich, dass auch keine Cocktailschirmchen vorhanden waren, und hoffte, dass dem guten Hartford diese bittere Erkenntnis erspart bleiben würde.

Dann mischte ich mich, in der Hoffnung mit einer charmanten Lady ins Gespräch zu kommen, unter die Gäste, doch leider schienen sie alle in männlicher Begleitung erschienen zu sein.

Oder vielleicht auch nur *fast* alle. In einer Ecke erblickte ich eine Dame in einem raffinierten rückenfreien Kleid, die mutterseelenallein dastand. Ich ging zu ihr hinüber, um mich ihr vorstellen, als sie sich unvermittelt zu mir herumdrehte, was zur Folge hatte, dass mein Magen augenblicklich das gleiche Manöver vollführte. Vor mir stand niemand anderes als Tallulah Quayle. »Lord Danby!«, rief sie in einem seltsam überraschten Ton, als sei ich eine Geistererscheinung. Schlagartig wurden mir zwei überaus unerfreuliche Tatsachen bewusst:

A. Miss Quayle wohnte im selben Hotel wie ich, was es schwer machen würde, ihr aus dem Wege zu gehen.

B. Da ich meinen Titel im Zug ihr gegenüber mit keinem Wort erwähnt hatte, musste sie mich im Hotel bereits erspäht und sich über mich erkundigt haben, was nichts Gutes verhieß.

Noch bevor ich etwas entgegnen konnte, hatte sie sich mit beiden Händen an meinen Arm geklammert und begonnen, mich mit einer Unmenge an wirrem Geplapper zu überschütten. Ich hörte kaum hin, aber dennoch bekam ich mit, dass sie mich mehrfach ermahnte, heute Abend besonders vorsichtig zu sein, da sie das untrügliche Gefühl habe, dass diese Party unter keinem guten Stern stünde. Ich musste zugeben, wo sie recht hatte, hatte sie recht. Diese Party stand in der Tat unter keinem guten Stern und zwar aufgrund ihrer Anwesenheit. Doch für Vorsicht war es nun zu spät und es sah nicht so aus, als ob Miss Quayle vorhatte, mich in absehbarer Zeit wieder loszulassen. Ich süffelte meinen Singapore Sling und blickte neidvoll auf eine Sitzecke, in der sich unser Gastgeber mit einigen Gästen niedergelassen hatte und sich offensichtlich prächtig zu amüsieren schien. Er wirkte so vertraut mit ihnen, dass ich vermutete, dass es sich bei diesen um die in seiner Rede erwähnten Freunde, Mitarbeiter und Weggefährten handelte, die ihm am meisten bedeuteten, und keinesfalls um welche der ebenfalls erwähnten, ihm unbekannten Schnorrer. Immer wieder hörte ich ihn dröhnend lachen. Plötzlich war er aufgesprungen und hatte verkündet, dass er nicht nur ein genialer Industriekapitän sei, sondern auch der ungekrönte König der Cocktails, und hatte darauf bestanden, seinen Lieblingsgästen ihren Lieblingscocktail zuzubereiten und zwar in noch nie dagewesener Perfektion. Wie er das ohne Cocktailschirmchen bewerkstelligen wollte, war mir schleierhaft, aber sein Enthusiasmus gefiel mir. Mit mehr als nur Wohlgefallen sah ich ihm zu. Die Art, wie er da mit Spirituosen, Fruchtsäften, Eiswürfeln, Maraschinokirschen, Zitronen- und Orangenscheiben, Oliven, Selleriestengeln und einem silbernen Cocktailshaker herumjonglierte, verriet den genialen Virtuosen, allenfalls noch vergleichbar einem Paganini. Auch vielen der Gäste schien das mittlerweile aufgefallen zu sein, denn inzwischen hatte sich eine ganz Traube von Zuschauern um ihn herum gebildet, die fasziniert der Mixkunst des Cocktailkönigs zusahen. Zu bemängeln war allenfalls seine sehr großzügige Verwendung von Eiswürfeln. Wie bereits erwähnt, sind sie schlicht überflüssig, da ein gut gekühlter Drink kalt genug ist, wenn man ihn nur schnell genug trinkt und ihm keine Gelegenheit gibt, warm zu werden. (Anfängerfehler.) Allerdings war dies genau der Fall, da Avondale darum gebeten hatte, mit dem Genuss der Cocktails zu warten, bis alle einen hätten, damit man dann gemeinsam anstoßen könne. Davon jedoch abgesehen war es ein Plaisir, ihm zuzusehen. Offenbar genoss er es selbst nicht weniger, denn das Bedienen seiner Lieblingsgäste schien ihn auf den Geschmack gebracht zu haben, denn er verkündete laut, nun auch allen anderen Gästen ihren Lieblingscocktail mixen zu wollen. Während sich vor seiner Bar eine Schlange bildete, tupfte er sich den Schweiß von der Stirn und legte los. Seine Hände flogen, seine Augen blitzten und wie ein Chirurg, der nach Tupfer und Skalpell verlangt, forderte er Jacques oder Jean ein ums andere Mal auf, ihm aus der Küche schnellstens einen weiteren Schwung an Oliven, Eiswürfeln, Zitronenscheiben und anderen Zutaten, die bereits knapp wurden, herbeizuschaffen. Ein Furioso der Mixkunst!

Schließlich war es vollbracht und ein wenig erschöpft mischte er sich nun auch selbst einen Cocktail, offenbar einen Old Fashioned. Er wollte eben nach dem Drink greifen, als eine Klingel ertönte. Avondale verzog verärgert das Gesicht, ging zu einem Telefon, das an der Wand hing, und riss den Hörer von der Gabel. »Das kommt im ungünstigsten Moment, ich hoffe, es ist wichtig.« Nachdem er einige Augenblicke zugehört hatte, legte er auf und kehrte an die Bar zurück. »Das war der Käptn. Es zieht ein Gewitter auf, aber es ist frühestens in zwei Stunden hier, also noch viel Zeit für uns, uns zu amüsieren.« Er griff nach seinem Glas und erhob es feierlich. »Also, liebe Freunde, haben alle ihren Drink?«

Allgemeine Zustimmung schwappte durch den Raum.

»Wunderbar, also erheben wir unsere Gläser und trinken wir auf, auf äh ...« Er schien keine Idee zu haben. »Auf ...«

»Auf England«, schlug ich vor.

Er nickte mir anerkennend zu. »Was sonst?« Er hob sein Glas. »Auf England!«

»Auf England!«, erschallte aus vielen Kehlen.

Wir tranken. Ich selbst hatte mir von Avondale einen zweiten Singapore Sling mixen lassen und ich musste zugeben, wiewohl er nicht auf Danby'sche Art zubereitet war, mundete er ganz ausgezeichnet. Den anderen Gästen musste es wohl ähnlich ergehen, denn zahlreiche »Aahs«, »Oohs« und »Mmhs« schwebten in der Luft, aber vielleicht wollte man sich auch nur beim Gastgeber einschmeicheln. Sir Horace blickte wohlgefällig in die Runde und sonnte sich in seinem Erfolg. Doch mit einem Mal ging eine erschreckende Veränderung in ihm vor. Seine Gesichtszüge verzerrten sich, seine Augen weiteten sich in namenlosem Entsetzen, er versuchte, etwas zu sagen, doch aus seinem Hals kam nur ein unverständliches Krächzen. Es war einfach furchtbar mitanzusehen. Plötzlich verdrehte er die Augen und stürzte zu Boden. Einige Damen schrien auf. Jemand rief nach einem Arzt, doch es war offensichtlich, dass der auch nichts mehr würde ausrichten können. Sir Horace Avondale, der König der Cocktails, war tot.

Kapitel 7

Man möge mich ob meiner Herzlosigkeit verdammen, doch ich schlief recht gut in dieser Nacht. Sicher, Horace Avondales plötzliches Dahinscheiden war bedauerlich, vor allem für ihn selbst, da er ja sehr reich gewesen war, und natürlich auch für alle, die einen hervorragend gemixten Cocktail zu schätzen wussten, doch letztendlich hatte ich ihn nicht gekannt.

Nach seinem Dahinscheiden war zunächst Chaos an Bord ausgebrochen. Alle schrien durcheinander. Man rief erneut nach einem Arzt, doch abgesehen von einem Zahnarzt war keiner anwesend. Allerdings war auch dieser kompetent genug festzustellen, dass Avondale mausetot war. Schließlich hatte der Kapitän das Kommando übernommen. Er hatte die Party für beendet erklärt und das vereinbarte Lichtsignal zum Pier gegeben, woraufhin die Motorboote, mit denen wir gekommen waren, erneut in See stachen, um uns abzuholen.

Die Rückfahrt vollzog sich in düsterer Stimmung. Mich selbst bestärkte dieser Vorfall nur in meiner Absicht, endlich abzureisen; ich hatte wahrlich mehr Geduld bewiesen als sämtliche Märtyrer der Christenheit zusammen (sowohl mit Sweeney als auch mit Frankreich), aber angesichts der Tatsache, dass der Fahrplan für den kommenden Tag eine überaus günstige Verbindung von Zügen und Fähre auswies, die mich bis zum Nachmittag nach London bringen würde, stand mein Entschluss fest. Mit diesen erfreulichen Aussichten sank ich in süßen Schlummer, aus dem ich jedoch in den frühen Morgenstunden durch ein hartnäckiges und sehr lautes Pochen unsanft gerissen wurde. Schlaftrunken warf ich meinen seidenen Morgenmantel über, wankte zur Zimmertür und öffnete. Draußen stand ein französischer Gendarm, der mir in rüdem Ton befahl, mich unverzüglich anzukleiden und mich mit meinem Pass in der Bibliothek des Hotels einzufinden.

Als ich fünfzehn Minuten später, nichts Gutes ahnend, dort erschien, hatten sich bereits die meisten Gäste der gestrigen Cocktailparty dort versammelt. Auch den Kapitän der Yacht, einige Matrosen, ja selbst Jacques und Jean entdeckte ich. Einige Minuten später schienen wir vollzählig zu sein, denn plötzlich ergriff ein kleiner Mann mit gestrenger Miene und so stark pomadisiertem Haar, dass man sich darin spiegeln konnte, das Wort: »Mesdames et Messieurs, gestatten Sie, dass ich mich vorstelle: Ich bin Capitaine Henrí Cabillaud von der Gendarmerie in Trouville-sur-Mer.

Leider habe ich Ihnen eine unerfreuliche Mitteilung zu machen: Sir Horace Avondale, mit dem Sie alle sich gestern Abend auf seiner Yacht aufgehalten haben, ist nicht, wie zunächst angenommen, einem Herzanfall erlegen.« Cabillaud machte eine kleine Pause, um seine Worte wirken zu lassen. Dann fuhr er fort. »No, Monsieur Avondale ist vergiftet worden.«

Das Wort Gift löste eine gewisse Unruhe unter den Anwesenden aus, ja einige Personen eines gewissen Geschlechts, das ich aus Ritterlichkeit an dieser Stelle nicht nenne, gebärdeten sich geradezu hysterisch.

»Dies ist nun eine Mordermittlung«, fuhr Cabillaud fort. »Da Sie alle zum fraglichen Zeitpunkt zugegen waren, möchte ich Sie ersuchen, uns dabei behilflich zu sein. Wenn also irgendjemand von Ihnen etwas Verdächtiges oder auch nur Ungewöhnliches bemerkt hat, so bitte ich ihn oder sie …«

»Vielleicht befand sich das Gift in einer der Flaschen und ist bereits so geliefert worden«, rief ein blonder Mann mittleren Alters dazwischen. »Es wäre doch möglich, dass …«

Cabillaud schnitt ihm mit einer sauber akzentuierten Handbewegung das Wort ab.

»Das haben wir selbstverständlich in Betracht gezogen, Monsieur. Wir haben daher nicht nur die Reste in allen geöffneten Flaschen, sondern auch den Inhalt aller noch verschlossenen Flaschen analysieren lassen. In keiner befand sich auch nur die Spur einer schädlichen

Substanz, nur Alkohol. Gift fand sich ausschließlich im Glas von Sir Horace. Folglich muss es jemand dort heimlich hineingetan haben. Daher noch einmal meine Frage: Hat irgendjemand von Ihnen etwas beobachtet?«

Niemand rührte sich. Capitaine Cabillaud spitzte affektiert die Lippen. »Nun, das hatte ich schon erwartet, aber unbesorgt: Wir werden in den kommenden Tagen noch viel Zeit haben, uns ausführlich zu unterhalten. In der Zwischenzeit darf ich Sie alle höflichst bitten, Deauville nicht zu verlassen.«

Ein leises Raunen ging durch den Saal, aber noch immer sagte niemand etwas, die Gesichter der Anwesenden sprachen jedoch eine umso deutlichere Sprache. Ohne jeden Zweifel dachten alle dasselbe wie ich: Ich lasse mich von einem hergelaufenen Franzosen nicht davon abhalten, unverzüglich abzureisen.

Der nächste Satz war, wie alles was Capitaine Cabillaud äußerte, im charmantesten Tonfall gehalten, sein Inhalt war dafür umso erschütternder: »Ich darf Sie nun alle freundlichst ersuchen, mir Ihre Reisepässe auszuhändigen.«

Kapitel 8

Nun saßen wir also fest! Des Mordes verdächtigt – wenn auch in der denkbar höflichsten Form – und gefangen im unenglischsten aller Länder. Ein fürchterlicheres Los war selbst mit allergrößter Phantasie schwer vorstellbar.

Capitaine Cabillaud hatte uns zunächst alle aus dem Saal geschickt und sodann damit begonnen, uns einzeln zu verhören. Als ich nach zwei Stunden öden Wartens endlich an die Reihe kam, stellte er mir drei Fragen: »Haben Sie Gift in das Glas von Sir Horace getan?«, »Haben Sie gesehen, *wie* jemand Gift in das Glas von Sir Horace getan hat?« und »Haben Sie einen Verdacht, *wer* Gift in das Glas von Sir Horace getan haben könnte?« Alle drei Fragen beantwortete ich guten Gewissens mit einem klaren »Nein«. Wer nun aber glaubt, die Befragung hätte nur zwei Minuten gedauert und ich hätte jetzt gehen können, ist schief gewickelt. Cabillaud hatte zwar keine Fragen anderen Inhalts in petto, doch verstand er es auf enervierendste Art und

Weise, dieselben drei Fragen in tausenderlei Variationen zu stellen, eindeutig in der Absicht, mich zu verwirren und zu einer unbedachten Äußerung zu verleiten. Erst als er erkennen musste, dass dies nicht fruchtete und mein Unwissen durch keinen noch so raffinierten Winkelzug zu erschüttern war, wurde ich nach einer halben Ewigkeit entlassen. Es tat mir durchaus leid, dass ich nicht behilflich sein konnte, schließlich schien die Rückgabe unserer Pässe und damit unsere Abreise an der Aufklärung dieses Mordes zu hängen, doch leider hatte ich zum Tatzeitpunkt nun mal nichts beobachtet, was hilfreich hätte sein können. Ja, wenn es sich bei diesem Fall um einen Kriminalroman von Agatha Christie gehandelt hätte, wäre alles klar gewesen: Wenn dort am Anfang beiläufig erwähnt wird, dass eine bestimmte Person sehr weit entfernt wohnt und man seit vielen Jahren nichts mehr von ihr gehört hat, stehen zwei Dinge fest. Diese Person ist der Mörder und längst – unerkannt – anwesend. So gesehen, war völlig klar, dass im vorliegenden Fall niemand anders als Sweeney der Übeltäter sein konnte, doch dies *war* nun mal kein Roman von Mrs. Christie. (Im Übrigen bedarf es wohl kaum noch einer Erwähnung, dass inzwischen ein weiteres Telegramm Sweeneys eingetroffen war, das seine endgültige Anreise für den morgigen Tag … etc. etc.)

Der Rest des Tages verging reichlich ereignislos. Um die Zeit totzuschlagen, begab ich mich zur Pferderennbahn Clairefontaine und investierte ein bisschen Geld in einen Gaul, der mir aufgrund seines Namens (Duke of Wellington) als vertrauenswürdig und aussichtsreich erschien, der jedoch als Vorletzter ins Ziel eintrudelte.

Anschließend verbrachte ich eine gute Stunde Zeit im Dampfbad der Pompeiischen Badeanlagen. Eindeutig der beste Teil dieses trüben Tages. Nicht nur war das erst kürzlich erbaute Gebäude mit seinen Säulengängen, Fußbodenmosaiken und Atrien hervorragend dem historischen Original nachempfunden, nein, auch der dortige Dampf stand in seiner Qualität britischem Dampf kaum nach.

Zu Abend speiste ich wieder mit Julius C. Hartford. Wieder schlossen wir einige kleine Wetten ab, von denen ich einige gewann und einige verlor. Natürlich kamen wir irgendwann auch auf den Tod von Sir Horace und auf Capitaine Cabillaud zu sprechen, den wir beide für geradezu grotesk unfähig hielten. Irgendwann während dieses Gesprächs musste ich dann wohl jenen bewussten Satz geäußert haben, der mich schon bald in Teufels Küche bringen würde. Er lautete: »Ich wette, selbst ich könnte diesen Fall schneller aufklären als dieser unfähige Capitaine Cabillaud.«

Hartford verzog skeptisch den Mund. »Sie scheinen sich ja sehr sicher zu sein, alter Freund.«

»Selbstverständlich!«, entgegnete ich im Brustton der Überzeugung. Ich muss dazu sagen, dass ich zu diesem Zeitpunkt möglicherweise bereits drei oder vier Gläser

Calvados mehr getrunken hatte als unbedingt erforderlich.

»Um wieviel wetten Sie?«

»Um ein Pfund!«, hätte ich sagen sollen. Doch leider kam es anders.

»Um fünfzig Pfund!«, sprach der Calvados aus mir.

Hartford zog ironisch die Augenbrauen zusammen. »Fünfzig Pfund? Allzu überzeugt von sich scheinen Sie ja nicht zu sein.«

Mein Blutdruck schoss in die Höhe wie ein Champagnerkorken. Hartford mochte sich durch die Erfindung des segensreichen Cocktailschirmchens unsterbliche Verdienste erworben haben, doch diese Unverschämtheit verlangte eine sofortige und vernichtende Antwort, die dem dreisten Yankee Respekt beibringen würde.

»Also gut, dann tausend Pfund!«, schmetterte ich ihm entgegen.

Hartford lächelte listig. »Warum nicht fünftausend? Ich meine, wo Sie sich Ihrer Sache doch so sicher sind. Dann sollte man auch nicht auf halbem Wege stehen bleiben, finden Sie nicht? Wenn Sie natürlich einen Rückzieher machen wollen, dann …«

Offenbar wusste dieser dreiste Patron nicht, dass in achthundert Jahren kein Danby jemals einen Rückzieher gemacht hatte. Im Gegenteil. »Warum nicht zehntausend?«, schnaubte ich. »Es sei denn, das ist Ihnen zu viel.«

»Keineswegs!« Hartford hielt mir seine Hand hin. »Einverstanden!«

Entschlossen schlug ich ein. Erst mitten in der Nacht, als die Wirkung des französischen Teufelstranks begann nachzulassen, beschlich mich eine leise Ahnung, dass ich möglicherweise einen fatalen Fehler begangen hatte.

Kapitel 9

Ich muss gestehen, dass mir, als ich am nächsten Morgen an der eleganten Seepromenade einen Spaziergang unternahm, die legendäre Hochstimmung der Danbys abhandengekommen war. Capitaine Cabillaud mochte nicht gut sein in dem, was er tat, doch etwas schlecht zu tun, ist immer noch erfolgversprechender, als gar nicht zu wissen, was zu tun sein könnte, denn exakt dies war die Situation, in der ich mich befand. Doch dieses Missvergnügen sollte nicht von allzu langer Dauer sein. Urplötzlich hatte von der Seeseite her ein starker Wind eingesetzt, der meine Lungen mit erfrischender, aus England stammender Luft füllte und ich traute meinen Augen kaum, als ich entdeckte, wer mir da aus Richtung des Bahnhofes entgegenkam: Der schlurfende Gang, der zerknitterte graubraune Regenmantel, der verbeulte Filzhut, der trübe Blick und der müde herabhängende Schnauzbart, all das sagte mir, dass es sich bei diesem Ritter von der traurigen Gestalt um niemand anderen als um Chief-Inspector Basil Grover von Scotland Yard handeln konnte. Es wäre wohl übertrieben zu sagen, dass wir Freunde sind, aber zumindest sind wir Bekannte, die dem jeweils anderen durchaus wohlgesonnen sind. Wir waren uns in der Vergangenheit ein paarmal über den Weg gelaufen und ich hatte einen Narren an seinem Bernhardiner Snubby gefressen und des Öfteren mit Freude auf diesen aufgepasst, wenn Grover aus beruflichen Gründen dazu nicht in der Lage gewesen war. Auch waren wir gemeinsam in die betrüblichen Vorfälle auf Asher Castle verwickelt gewesen, über die ich an anderer Stelle bereits ausführlich berichtet habe. Jedenfalls war ich froh, ein vertrautes Gesicht zu erblicken. Ich machte mich bemerkbar und nachdem sich seine Überraschung, mich zu sehen, gelegt hatte, schien auch er erfreut über meine Anwesenheit zu sein. So ganz sicher kann man das bei Grover nie sagen, da er in etwa so viel Temperament besitzt wie eine tote Schildkröte, aber zumindest konnte ich nicht gänzlich ausschließen, dass ich unter dem Gestrüpp seines Schnurrbartes so etwas Ähnliches wie Rudimente eines Lächelns ausgemacht hatte.

»Was machen *Sie* denn hier, Grover?«, rief ich, während ich ihm die Hand schüttelte. Dass er hier Urlaub machte, hielt ich für ausgeschlossen, da ich ihn bislang als einen halbwegs vernünftigen Mann kennengelernt hatte.

Grover verzog resigniert das Gesicht. »Ach, Danby, fragen Sie nicht.«

Ich fragte aber doch und so berichtete er mir, dass seine Anwesenheit dienstlicher Natur sei. »Es geht um einen Engländer, der hier das Opfer einer Mordtat wurde. Normalerweise würde danach in London kein Hahn krähen, aber zum einen ist der Mann kürzlich vom König geadelt worden und zum anderen hat er wohl den Tories in den letzten Jahren viel Geld gespendet. Daher legt man großen Wert darauf, dass dieser Mord aufgeklärt wird, und da man kein Vertrauen in die Fähigkeiten der französischen Polizei hat …«

Ich nickte verständnisvoll.

»… hat Scotland Yard ausgerechnet mich ausgesucht, um sich der Sache anzunehmen. Bei dem Mordopfer handelt sich übrigens um einen gewissen …«

»Sir Horace Avondale«, beendete ich seinen Satz.

Grover starrte mich entgeistert an. »Woher wissen Sie davon?«

»Nun, daran ist nichts Besonderes. Ich war selbst anwesend, als er starb«, erklärte ich. »Ja, ich darf mich sogar zum Kreis der Mordverdächtigen zählen«, ergänzte ich bescheiden.

»Sie haben alles gesehen?« Grover überlegte einen Moment. »Prächtig, das könnte sich noch als überaus hilfreich erweisen. Übrigens, ich will zum Hotel Normandy Barrière. Wissen Sie zufällig, wo das ist?«

»Gleich dort hinten«, erklärte ich ihm. »Eine gute Wahl, es ist das beste Hotel am Platze.«

Doch das war ein Missverständnis. Es heißt »Verbrechen zahlt sich nicht aus«, ein hanebüchener Spruch, um kleine Kinder abzuschrecken, jeder sonst weiß, dass Verbrechen sich sogar besonders gut auszahlt; was sich hingegen *wirklich* nicht auszahlt, ist, Polizist zu sein, und daher würde Grover das Normandy Barrière lediglich aufsuchen, um dort eine Unterredung mit Inspector Cabillaud zu haben, und selbst im »Hotel Napoleon« logieren, das, wie ich später entdeckte, trotz seines imperialen Namens nur eine schäbige Absteige hinter dem Bahnhof mit Blick auf die Gleise war. Nun ist es ja bekanntlich und sinnvollerweise Bauern in Frankreich gesetzlich verboten, ein Schwein »Napoleon« zu nennen, umso seltsamer scheint es mir, dass es offenbar völlig in Ordnung ist, einen Schweine*stall* nach ihm zu benennen. Rätselhaftes Frankreich.

Als ich eine halbe Stunde später ins Hotel zurückkehrte, schien Chief-Inspector Grovers Unterredung mit Capitaine Cabillaud noch in vollem Gange zu sein. Denn während ich die Lobby durchquerte, vernahm ich durch die Tür zur Bibliothek nicht nur das sonore Brummen von Grovers Stimme, sondern auch unangenehm schrille Töne, die offenbar von Cabillaud stammten und die Begriffe wie »Eklat«, »Blamage« und »Affront« enthielten. Offenbar stellte Grovers Ansinnen, ebenfalls im Avondale-Mord zu ermitteln, aus Sicht der französischen Polizei genau das dar und

Cabillaud spielte nun die beleidigte Gänseleberpastete. Angesichts solcher Überempfindlichkeiten konnte ich nur den Kopf schütteln, aber bei genauerer Betrachtung war es eigentlich nicht besonders verwunderlich. Es ist eben kein Zufall, dass Wörter wie »Eklat«, »Blamage« und »Affront« alle von Franzosen erfunden wurden, während der Rest der Welt gar nicht auf die Idee gekommen wäre, sie überhaupt zu benötigen.

Kapitel 10

Zwei Stunden später saß ich mit Chief-Inspector Grover im Restaurant des Normandy Barrière und nun war es an mir, die Fackel weiterzureichen und den hilflosen Neuling in die Abgründe der Küche der Normandie einzuweihen und auch, wie man ihnen begegnet, also ihm zu verraten, was man alles zu meiden hatte und wie man den Rest so verändern konnte, dass er normalem Essen zumindest nahekam. Natürlich hatte ich ihn eingeladen, denn zum einen konnte er sich von seinem kargen Inspektorengehalt kein Essen in einem Luxushotel leisten und zum anderen war ich auf sein Wohlwollen angewiesen. Vor seinem Eintreffen in Deauville hatte ich mir bereits den Kopf zerbrochen, wie ich es bewerkstelligen könnte, überhaupt Ermittlungen aufzunehmen. Schließlich war ich kein Polizist (nicht mal ein französischer), warum also sollten die Verdächtigen es akzeptieren, dass ich ihnen Fragen über ihre möglichen Motive stellte? Nun allerdings hatte sich die Situation entschieden gewandelt.

Ich denke mir, dass es für einen Verbrecher ohnehin schon entsetzlich sein muss, wenn er des Mordes überführt wird, wenn dies aber auch noch durch einen Franzosen geschieht, ist das einfach demütigend. Folglich würde jeder froh sein, dass nun ein britischer Chief-Inspector hier war, der die Sache in die Hand nahm, und ich rechnete mir einige Chancen aus, dass es keinen Anstoß erregen würde, wenn ich in seinem Kielwasser mitschwamm und als sein Ratgeber (Grover kann jede Menge Rat gebrauchen) bei den Verhören anwesend war.

Zu meiner Erleichterung war Grover einverstanden, ja, er schien geradezu heilfroh zu sein. Nicht zuletzt wohl auch deshalb, weil ihm Capitaine Cabillaud unmissverständlich mitgeteilt hatte, dass ihm als Engländer in Frankreich keinerlei polizeiliche Befugnisse zustünden, solange er sie nicht genehmige und er denke nicht im Traum daran, dies zu tun. Natürlich könne er nicht verhindern, dass Grover sich umhöre und mit Leuten spreche, doch täte er das als reine Privatperson. Mir kam das gar nicht so ungelegen, auf diese Weise konnte mir Grover keine Vorschriften machen, ja, man könnte fast sagen, dass ich in dieser Konstellation eher *sein* Vorgesetzter war, denn während Grover halb Polizist und halb Privatperson ist, wird man nur schwerlich jemanden finden, der mehr Privatperson ist als ich.

Wir beschlossen daher, die Ermittlungen unverzüglich aufzunehmen. Zunächst hatte ich Grover detailliert von den Ereignissen der fatalen Cocktailparty berichtet, wobei dieser sich eifrig Notizen machte. Ich schloss mit der Bemerkung, dass Capitaine Cabillaud am Vortag begonnen habe, sämtliche Anwesenden der Party ein zweites Mal – und nun wesentlich gründlicher – zu verhören und zwar in alphabetischer Reihenfolge.

»Ein schwerer Fehler«, ließ sich Grover vernehmen.

»Zweifellos. Und warum?«

»Die meisten Mordopfer werden von jemandem umgebracht, den sie persönlich kennen. Wir sollten also nicht mit den ganzen Zufallsgästen beginnen, sondern mit den wenigen Anwesenden, die Sir Horace, wie er ja selbst in seiner Rede betonte, besonders nahestanden. Ich wette, dass wir unter ihnen auch den Mörder finden werden.«

Ich kann nicht verhehlen, dass ich es ein wenig geschmacklos von Grover empfand, dass er bereits Briten als Täter in Betracht zog, wo doch mit Jacques & Jean auch zwei Franzosen anwesend gewesen waren, aber ich hütete mich, dies anzusprechen oder gar ein Verhör dieser beiden vorzuschlagen. Zumindest solange ich täglich im Hotel meine Mahlzeiten zu mir nahm, schien mir die Sache unvertretbar riskant zu sein. Nun sind wir Danbys bekanntlich keine Feiglinge – im späten Mittelalter soll mein Ur-Ahn Hreodbeorht Danby sogar einen waschechten Drachen erlegt haben – aber andererseits wissen wir Danbys auch sehr wohl, an welcher Stelle die Grenze von Tollkühnheit zu rettungslosem Wahnsinn endgültig überschritten wird, nämlich dort, wo man sich mit Kellnern anlegt. Diese Männer bringen uns unser Essen!!! Was ihnen durch den Kopf geht, während sie damit auf dem Weg von der Küche zu unserem Tisch durch dunkle Gänge schleichen, weiß Gott allein. Möge er verhüten, dass sie in ihrer Brust auch nur den kleinsten Groll gegen uns hegen, denn, was sie – allein und unbeobachtet – mit unserem Essen anstellen könnten, wagt niemand sich auszumalen. Wir können nur jeden Tag aufs Neue hoffen, diese schlafenden Bestien durch freundliche Behandlung und üppige Trinkgelder so weit zu besänftigen, dass sie uns ein weiteres Mal verschonen. Abgesehen davon waren Jacques und Jean, wenn ich's recht bedachte, zwar Franzosen, aber dennoch unverdächtig. Sie hatten kein Motiv. Warum hätten sie Sir Horace ermorden sollen? Zu wenig Trinkgeld? Nein, die beiden Kellner durften wir wohl außer Acht lassen. Es gab weit Wichtigeres zu bedenken, denn inzwischen fragte ich mich auch, ob sich meine Situation, was die fatale Zehntausendpfundwette mit Julius C. Hartford betraf, durch Grovers Eintreffen nicht noch weiter verschlechtert hatte. Was, wenn Grover den Fall weit schneller löste als Cabillaud? (Wovon man ausgehen musste.) Auch dann hätte ich die Wette verloren, da es ja für mich nichts mehr zu lösen geben würde. Ich überlegte, ob sich Hartford wohl zu einer Zusatzwette bewegen lassen würde, in der ich weitere zehntausend Pfund darauf setzte, dass Grover den Mord *vor mir* aufklären würde, wodurch sich Gewinn und Verlust gegenseitig ausgleichen würden, doch die Chancen standen schlecht, dass ein Hirn, welches das Cocktailschirmchen ersonnen hatte, auf einen so billigen Schachzug hereinfallen würde.

»Sehen Sie diese Personen hier im Restaurant?«, riss mich Grover aus meinen Gedanken. Ich sah mich um und entdeckte tatsächlich alle Gäste, die Sir Horace als die ihm am nächsten stehenden bezeichnet hatte, an verschiedenen Tischen. Grover ließ den Concierge kommen und verlangte von diesem, dass er eine Liste mit den dazugehörigen Namen anfertige, was dieser – nach einiger französischen Ziererei – auch tat. Sie lautete wie folgt:

1. Lady Arleen Avondale – Sir Horaces Gattin
2. Clifford Marsh
3. Major Terry Bishop
4. Sheila Nesbitt
5. Nigel Unsworth

»Das wären also unsere Hauptverdächtigen«, bemerkte Chief-Inspector Grover zufrieden, indem er sich vom Tisch erhob. »Ich werde unverzüglich Scotland Yard telegraphieren. Ich will wissen, ob dort Akten über diese Leute existieren. Falls ja, lasse ich sie hierherschicken. Das Gleiche gilt für Sir Horace. Wenn wir Glück haben, erhalten wir auf diese Weise Informationen, die über das Motiv oder eine kriminelle Vorgeschichte Auskunft geben.«

Während Grover in seiner steifbeinigen Art den Speisesaal verließ, ließ ich meinen Blick über die fünf Hauptverdächtigen wandern. Mit an Sicherheit grenzender Wahrscheinlichkeit war einer von ihnen ein brutaler Mörder. Dabei sahen sie alle so harmlos aus und schienen mit der Seelenruhe eines Unschuldigen zu speisen. War es überhaupt möglich, eine dermaßen abgebrühte Person zu enttarnen? Mir lief es eiskalt den Rücken herunter, wenn ich daran dachte, dass für mich zehntausend Pfund auf dem Spiele standen.

Kapitel 11

Jeder, der auch nur eine einzige Sherlock-Holmes-Geschichte gelesen hat, weiß, dass es zwei unabdingbare Elemente gibt, die dem verständigen Detektiv fast alle Informationen liefern, die er benötigt, um den Fall aufzuklären. Da ist zum einen die Person, welche dem Detektiv von dem Fall erzählt. Aus der genauen Betrachtung seiner Kleidung, seiner Schuhe und anderen Details kann dieser messerscharf schließen, dass jene Person ein pensionierter Colonel ist, der längere Zeit auf Ceylon verbracht hat, auf einem Auge kurzsichtig ist, seit einigen Wochen an Schlaflosigkeit leidet und eine verwitwete Tante namens Gwyneth hat, die in Manchester lebt.

Da ich im vorliegenden Fall jedoch selbst derjenige war, der Grover über den genauen Ablauf der Ereignisse ins Bild gesetzt hatte, waren uns Hinweise solcher Art natürlich nicht hilfreich. Es blieb also nur das andere – sogar noch wichtigere – Element: der Tatort. Fußabdrücke, eingeschlagene Fenster (liegen die Glassplitter innen oder außen?), weggeworfene Zigarettenkippen mit Korkmundstück (und Lippenstift?!?), nicht vollständig verbrannte Briefe im Kamin und eine etwas beschränkte, aber dafür umso redseligere Haushälterin und zahllose weitere winzige Details, die dem – wie wir Detektive sagen – »Zivilisten« gar nicht auffallen, versorgen den gewieften Ermittler mit allem, was er wissen muss.

Es verstand sich daher von selbst, dass wir beschlossen, als erstes den Tatort, also Sir Horaces Yacht, die Caledonia, einer akribischen Untersuchung zu unterziehen. Während wir uns also etwa zwei Stunden später auf den Weg zum Pier 2 machten, ließ ich Grover an meinen diesbezüglichen Gedanken teilhaben: »Vor allem werde ich versuchen, mich zu erinnern, was, kurz *bevor* Sir Horace den tödlichen Schluck zu sich nahm, geschehen ist. Ich erinnere mich noch, dass er sich selbst einen Cocktail gemixt hatte – einen Old Fashioned übrigens – und eben nach dem fertigen Cocktail greifen wollte, als das Bordtelefon klingelte. Sir Horace ließ sein Glas stehen und begab sich zum Telefon. Dort führte er ein kurzes Gespräch mit dem Käptn, der ihn davon in Kenntnis setzte, dass schlechtes Wetter aufziehen würde, und dann …«

»Wie lange hat dieses Gespräch gedauert?«, hakte Grover nach.

»Ich würde sagen, nicht länger als eine halbe Minute. Anschließend kehrte Sir Horace auf direktem Weg zu seinem Cocktail zurück, richtete noch einige kurze Worte an die Gäste und trank. Ein paar Augenblicke darauf verfiel er in entsetzliche Krämpfe und stürzte tot zu Boden. Ich hoffe, dass, wenn ich an Bord wieder alles vor mir sehe, mir auch wieder einfällt, wer alles zu diesem Zeitpunkt in der Nähe seines Glases stand, denn eine dieser Personen muss das Gift während des Telefonats heimlich in den Cocktail geschüttet haben. Und wenn eine davon auch noch zu unseren fünf Hauptverdächtigen gehört, dann stehen die Aussichten gut, dass …«

Wir hatten das Pier erreicht und ich starrte verblüfft aufs Meer hinaus. Unser Tatort war verschwunden.

Kapitel 12

Wir waren zu spät gekommen. Lady Avondale hatte die zwei Stunden, die wir nach dem Lunch dummerweise hatten verstreichen lassen, genutzt, um Frankreich auf dem einzigen Wege zu verlassen, der ihr ohne Reisepass offenstand, nämlich mittels der eigenen Yacht auf dem Seeweg. Durchaus ein kühner Schachzug. Dennoch frohlockte ich. Konnte es ein deutlicheres Schuldeingeständnis geben, als entgegen der ausdrücklichen Weisung Capitaine Cabillauds, sich, solange die Mordermittlungen andauerten, zur Verfügung zu halten, aus dem Land zu flüchten? Der Fall war gelöst. Mir blieb nur noch, diese meine Erkenntnis unverzüglich Julius C. Hartford zu offenbaren, bevor Capitaine Cabillaud die fehlende Yacht entdecken, um daraus denselben naheliegenden (in der Tat so nahliegend, dass er selbst einem Franzosen ins Augen springen musste) Schluss zu ziehen und diesen öffentlich bekannt zu geben.

Während Chief-Inspector Grover und ich zum Hotel zurückgingen, sinnierte ich laut darüber nach, dass man, wenn man es recht bedachte, auch früher hätte darauf kommen können und müssen. Wie hieß es so schön in Kriminalromanen: Lady Avondale hatte die Mittel, die Gelegenheit und das Motiv gehabt. Als Mitbesitzerin der Yacht hatte sie das Gift an geeigneter Stelle bereithalten und in genauer Kenntnis der typischen Verhaltensweisen ihres Mannes auch die passende Gelegenheit vorausahnen können. Zumal war sie mit ihm verheiratet gewesen, was – wie mir alle meine verheirateten Freunde (seien sie nun männlich oder weiblich) wieder und wieder unaufgefordert geklagt haben – Mordmotiv genug ist. Nein, Lady Avondale war so schuldig, wie es ein Mensch nur sein kann, und ich schämte mich fast ein wenig, dass es mir nicht von Anfang an klar gewesen war.

»Ist sie das nicht?«, fragte Grover, während er auf den Balkon eines Hotelzimmers im ersten Stock deutete.

In der Tat, dort saß Lady Avondale mit einer Tasse Tee und blickte geistesabwesend aufs Meer hinaus, was, wie ich zugeben muss, meine ansonsten unanfechtbare Theorie ein wenig ins Wanken brachte. Allerdings fasste ich mich schnell wieder. Nach wie vor galt, dass sie Mittel, Gelegenheit und Motiv gehabt hatte; erschwerend kam nun noch hinzu, dass sie, mit typisch weiblicher Tücke, nicht geflohen war und stattdessen hier nun für alle sichtbar das Unschuldslamm spielte. Dennoch würde ich vorerst noch davon absehen, Julius C. Hartford über meine Erkenntnisse zu informieren, da allerletzte Restzweifel nicht gänzlich von der Hand zu weisen waren.

Im Übrigen blieb die Frage, was mit der Caledonia geschehen war. Um diesem Mysterium auf den Grund zu gehen, führte Chief-Inspector Grover in der Telefonzelle der Hotellobby zwei Telefonate, in denen er zum Gotterbarmen französisch radebrechte, aber schließlich dennoch zum Ziel kam: Capitaine Cabillaud hatte Sir Horaces Yacht für beschlagnahmt erklärt und nun lag sie streng bewacht im Hafen von Trouville-sur-Mer vor Anker. An eine Besichtigung unsererseits war nicht mehr zu denken.

Entschlossen, mich von solchen Rückschlägen nicht aufhalten zu lassen, schlug ich vor, Lady Avondale umgehend zu verhören, bevor sie es sich mit der Flucht doch noch anders überlegte. Grover rief mit dem Haustelefon von der Rezeption aus bei ihr an, um unser Kommen anzukündigen. Eine zweifellos taktvolle, aber leider auch, wie ich fand, ungeschickte Maßnahme; gab sie unserer Hauptverdächtigen doch Zeit, sich auf das Verhör vorzubereiten und sich Lügen auszudenken. Ein überraschendes Mit-der Tür-ins-Haus-fallen wäre mir zweckmäßiger erschienen, zumal durch diese Überrumpelungstaktik unseren Verdächtigen gar keine Zeit bleiben würde, darüber nachzudenken, ob wir dazu überhaupt befugt waren.

Zwei Minuten später hatten wir ihre Zimmertür erreicht und Grover pochte dezent an die Tür. Ein mehr gehauchtes als gesprochenes »Herein« ließ uns eintreten.

Lady Arleen Avondale hatte hochgestecktes aschblondes Haar, trug ein hochgeschlossenes dunkelblaues Kleid und besaß ein Profil wie gemeißelt. Sie saß in einem Sessel und blickte tragisch aus dem Fenster. Es war anscheinend eine Pose, die sie für eine trauernde Witwe als passend erachtete, um Gäste zu empfangen. Dass wir sie wenige Minuten zuvor Tee schlürfend auf dem Balkon gesehen hatten, wusste sie offenbar nicht. Ich schätzte sie auf etwa zehn Jahre jünger als den verstorbenen Sir Horace, auch wenn ihr augenblickliches, um stille Würde bemühtes Gebaren sie älter erscheinen ließ. Unendlich langsam drehte sie den Kopf zu uns und sah mit einem von Trauer verschleierten Blick durch uns hindurch. Sie sagte nichts und bedeutete uns nur mit einer schwachen Geste der Hand, unser Anliegen vorzutragen. Das Ganze hatte ein Pathos, das in einer Theateraufführung von Shakespeares »Titus Andronicus« durchaus am Platze gewesen wäre und beim Publikum zweifellos auch für die im Stück vorgesehene Ergriffenheit gesorgt hätte, doch im wirklichen Leben wirkte dieses Gehabe etwas abgeschmackt.

»Danke, dass Sie uns empfangen, Lady Avondale«, sagte Chief-Inspector Grover in seiner hölzernen Art. »Zunächst möchten wir Ihnen unser Beileid zu Ihrem schmerzlichen Verlust aussprechen. Wir werden versuchen, Sie so kurz wie möglich zu belästigen.«

Sie nahm es mit einem tragisch huldvollen Nicken zur Kenntnis. »Danke. Ich weiß Ihre Rücksicht zu schätzen. Und auch, dass Sie extra aus London gekommen sind. Ich bitte Sie inständig, dieses Verbrechen schnellstmöglich aufzuklären. Dieser schreckliche Franzose, Cabillaud, ist ein Monstrum. Ich darf das Land nicht verlassen und meinen geliebten Gatten in englischer Erde beisetzen lassen. Stattdessen liegt er auf Eisblöcken im Leichenschauhaus von Trouville-sur-Mer. Es ist einfach furchtbar!« Sie schien bei dem Gedanken daran zu schaudern.

»In der Tat furchtbar«, bestätigte Grover taktvoll. »Lassen Sie mich daher umgehend zur Sache kommen: Hatte Sir Horace Feinde?«

Sie sah ihn überrascht an. Wieder erinnerte es mich an Theater. Einen Moment lang schien sie verwundert über die Frage nachzusinnen, dann hielt sie einen längeren Monolog über den edlen Charakter ihres verstorbenen Gatten, der, wenn man ihren Worten Glauben schenkte, in seinem ganzen Leben nie etwas Unehrenhaftes getan oder auch nur gedacht hatte und dessen ganzes Streben einzig dem Glück seiner Mitmenschen galt. Man kam nicht umhin, den Eindruck zu gewinnen, dass gegen den seligen Sir Horace selbst der Erzbischof von Canterbury ein übler Halunke sei.

Als Nächstes erkundigte sich Grover nach den anderen vier Partygästen, die, abgesehen von ihr selbst, Sir Horace besonders nahegestanden hatten.

Lady Avondale überlegte einen Moment. »Nun, da wäre zunächst Clifford Marsh, der Kompagnon meines Mannes.«

»Halten Sie es für denkbar, dass er Ihren Gatten vergiftet hat?«, erkundigte ich mich.

»Völlig ausgeschlossen. Clifford Marsh ist nicht der Typ für so etwas. Er ist, wie soll ich es formulieren, naiv. Ein Phantast. Eher ein Künstler als ein Geschäftsmann. Er hat großartige Ideen, auf die niemand sonst kommen würde, aber wenn er versuchen sollte, sie allein in der Geschäftswelt umzusetzen, würde er untergehen. Er ist viel zu harmlos und vertrauensselig, man würde ihn nach Strich und Faden übervorteilen. Der geschäftliche Teil war daher der Part meines Mannes, was eine ideale Kombination ergab. Clifford Marsh würde nie jemandem Schaden zufügen wollen, aber selbst wenn er es wollte, würde er scheitern. Er ist einfach zu unpraktisch veranlagt. Ihn können Sie also aus Ihren Überlegungen von vorneherein ausschließen.«

Sie wartete einen Moment, bis Grover, der sich währenddessen eifrig Notizen gemacht hatte, wieder von seinem Block aufsah.

»Als Nächstes wäre da meine Nichte Sheila. Sheila Nesbitt. Ihre Eltern sind vor einem Jahr bei einem Autounfall ums Leben gekommen und haben ihr nichts als Schulden hinterlassen. Ich habe darauf bestanden, sie in unser Haus aufzunehmen und sie finanziell zu unterstützen, solange dies nötig ist. Das arme Ding scheidet als Verdächtige natürlich ebenfalls aus. Als Dritter wäre Nigel Unsworth zu nennen. Er ist der Prokurist von Avondale & Marsh. Ein überaus korrekter Mensch und der engste Mitarbeiter meines Mannes. In gewisser Hinsicht die Seele der Firma. Bei ihm laufen alle Fäden zusammen.«

»Trauen Sie ihm einen Mord zu?«, fragte Grover vorsichtig.

Lady Avondale atmete tief ein. »Nun, eigentlich nicht, aber ich kenne ihn nicht besonders gut. Wer weiß schon, was in einem Menschen vorgeht?«

»Bleibt also nur noch der vierte Gast.« Grover zog das Blatt Papier des Rezeptionisten zu Rate: »Terry Bishop. Wer ist das und wie schätzen Sie ihn ein?«

Lady Avondale biss sich auf die Unterlippe. »Major Bishop ist – war – der älteste und beste Freund meines Mannes. Sie kennen sich seit ihrer Zeit beim Militär. Horace ist nach zwei Jahren ausgeschieden, um seine Firma zu gründen, während Bishop dabeigeblieben ist. Ihrer Freundschaft hat das aber nicht geschadet. Die beiden sind unzertrennlich.«

»Halten Sie es für denkbar, dass er Ihren Mann ermordet hat?«, fragte Grover, nachdem er auch diese Aussage notiert hatte.

Lady Avondale schüttelte den Kopf. »Nein. Warum sollte er?«

»Das gilt es herauszufinden. Was ich meinte, war, ob Sie es ihm grundsätzlich zutrauen.«

Wieder schüttelte sie den Kopf. »Ich kann es mir nicht vorstellen. Völlig undenkbar!« Sie zögerte. »Andererseits kenne ich ihn nicht besonders gut. Meistens haben die beiden etwas ohne mich unternommen. Fischen, Jagen … Was Männer eben so machen.«

Da ich nicht das Gefühl hatte, dass wir so weiterkamen, versuchte ich, das Gespräch in konkretere Bahnen zu lenken: »Lady Avondale, wissen Sie noch, wo Sie und die anderen gestanden haben, nachdem sich Ihr Gatte seinen Cocktail gemixt hatte und zum Telefon ging, um mit dem Käptn zu sprechen?«

Sie legte die Stirn in Falten und dachte lange nach. (Verdächtig lange, wie ich fand.) »Ich selbst und meine Nichte standen einige Yards entfernt. Auch Major Bishop. Was Mr. Marsh und Mr. Unsworth angeht – ich fürchte, ich habe ein sehr schlechtes Gedächtnis. Ich kann mich nicht erinnern, wo sie sich zu diesem Zeitpunkt aufgehalten haben.«

Wir stellten noch einige weitere Fragen, aber es schien offenkundig, dass uns Lady Avondale nicht weiterhelfen konnte (oder wollte!), so dass wir uns alsbald verabschiedeten.

»Nun, was halten Sie davon, Danby?«, fragte mich Grover, als wir den Flur entlang gingen.

»Die Dame lügt. Ihre Trauer ist nur gespielt, was darauf hindeutet, dass sie es selbst getan hat.«

»Nicht unbedingt. Ich erlebe das oft. Viele Leute, die ich befrage, heucheln Trauer über die Mordopfer. Entweder wollen sie der Polizei gegenüber nicht kaltherzig erscheinen oder sie fürchten, sich sonst verdächtig zu machen, aber nur weil man um jemanden nicht trauert, heißt das noch lange nicht, dass man ihn auch umgebracht hat«, belehrte er mich besserwisserisch.

»Es heißt aber auch noch lange nicht, dass man ihn *nicht* umgebracht hat«, belehrte ich zurück.

»Natürlich nicht, dennoch würde ich zunächst einmal davon ausgehen, dass die Dame die Wahrheit sagt.«

Ich enthielt mich eines Kommentars, beschloss jedoch, Lady Avondale weiterhin ganz oben auf meiner Verdächtigungsliste zu behalten.

An der Rezeption versuchte Grover, die anderen vier auf ihren Zimmern anzurufen, aber niemand nahm ab. Immerhin wies uns der Concierge darauf hin, dass Major Bishop sich erkundigt hatte, was man in Deauville unternehmen könne, und er sich schließlich den Weg zur Aussichtsplattform am Meer hatte erklären lassen. Wir folgten seinem Beispiel und erreichten wenige Minuten später die Plattform, die über einen Holzsteg erreichbar war und sich etwa fünfzig Yards weit im Meer befand. Der Major stand allein an der Brüstung und blickte wie ein unerschrockener Kapitän am Steuerrad seines Dreimasters in die Gischt, die alle paar Sekunden dramatisch von den Felsen, auf denen das Plateau errichtet worden war, hoch in die Luft schoss.

Er war um die fünfzig, hatte eine straffe Haltung, die den langgedienten Militär verriet, drahtartige graue Haare und ein energisches Kinn.

Wir stellten uns vor und Chief-Inspector Grover erklärte den Grund unseres Hierseins. Bishop nickte, er schien nicht überrascht zu sein. Allerdings wirkte er angegriffen, was angesichts der Ermordung seines Freundes Sir Horace auch nicht besonders verwunderlich war. Allerdings war dies nicht der einzige Grund. »Sie müssen mich entschuldigen, meine Herren«, erklärte er mit einer leisen Stimme, die nicht recht zu seiner äußeren Erscheinung passen wollte. »Ich fürchte, ich bin nicht ganz auf der Höhe. Ein leichter Malariaschub. Es kommt und geht. Ein Andenken aus Indien. Aber stellen Sie Ihre Fragen, ich werde versuchen, sie so präzise wie möglich zu beantworten.«

Grover klappte seinen Notizblock auf und zückte seinen Bleistift. »Wie lange kannten Sie Sir Horace?«

Major Bishop dachte einen kurzen Moment nach. »Das müssen nun fast dreißig Jahre sein. Wir haben im selben Regiment gedient. Seitdem waren wir befreundet.«

»Sie haben sich häufig getroffen?«

»Wir hatten uns eine Weile etwas aus den Augen verloren, besonders nachdem Horace geheiratet hatte, aber in den letzten drei Jahren haben wir viel zusammen unternommen. Ich glaube, ich war fast jedes Wochenende bei den Avondales zu Gast.« Er presste die

Lippen zusammen, um seiner Emotionen Herr zu werden. »Ein schwerer Verlust.«

»Wissen Sie, ob Sir Horace Feinde hatte? Insbesondere unter den anderen vier Personen, die er auf der Party als seine engsten Gefährten bezeichnete?«

Der Major schüttelte den Kopf. »Davon ist mir nichts bekannt. Horace war allerdings in Geschäftsdingen nicht gerade zimperlich, besonders wenn es sich um die Konkurrenz handelte. Es machte ihm Vergnügen ...« Bishop hielt inne. »Nein, das ist wohl zu hart formuliert. Sagen wir so: Einige seine Konkurrenten mussten Konkurs anmelden, aber das war nicht die Schuld von Horace. Höchstens insofern, dass seine Produkte wahrscheinlich einfach besser waren als die der Konkurrenz. Aber das ist schließlich nichts Verwerfliches, sondern simpler Darwinismus: Nur die Stärksten überleben.«

»Was hat Sir Horace denn hergestellt?«, erkundigte ich mich.

»Landwirtschaftliche Maschinen.«

»Haben Sie auf der Cocktailparty etwas beobachtet, was uns weiterhelfen könnte?«, nahm Grover die Befragung wieder auf.

Major Bishop zog misstrauisch die Augenbrauen zusammen. »Zum Beispiel?«

»Ich weiß nicht. Vielleicht, dass jemand ein kleines Fläschchen in der Hand hatte oder kurz vor seinem Tod besonders dicht bei ihm stand.«

»Nichts dergleichen.«

»Wo waren Sie selbst, Major?«

»Einige Yards entfernt. Die ganze Zeit über. Im Übrigen ist Gift eine Frauenwaffe.«

»Wollen Sie damit sagen, dass als Täter Lady Avondale und ihre Nichte Sheila besonders verdächtig sind?«

Bishop atmete tief durch. »Nein. Keineswegs. Ich wollte damit nur sagen … dass für mich eine solch hinterhältige Tat nicht in Frage käme. Ich würde der Person Aug in Aug gegenübertreten und einen Revolver benutzen.«

»Sie sprechen rein hypothetisch, nehme ich an.«

»Natürlich, was denn sonst?«

»Besitzen Sie einen Revolver, Major?«

»Selbstverständlich. Das ist meine Pflicht als aktiver Offizier.«

»Tragen Sie ihn stets bei sich?«

»Nein, nur im Dienst. Im Augenblick befindet er sich wohlverwahrt in meinem Zimmer.«

Mir fiel auf, dass die Stirn des Majors schweißnass war, aber das mochte an seinem Malariafieber liegen. »Aber um auf Ihre Frage zurückzukommen«, fuhr er fort, »Arleen und ihre Nichte können sie als Täter ausschließen. Wenn überhaupt würde ich mich auf den Kompagnon von Horace konzentrieren, Clifford Marsh, und mehr noch auf den Prokuristen, diesen Unsworth. Er wirkt auf mich zwielichtig.«

»Ich kann Ihnen versichern, dass wir in alle Richtungen ermitteln, Major. Ihren Verdacht habe ich notiert, aber verraten Sie uns noch zum Schluss, warum Sie Lady Avondale und ihre Nichte als Täter ausschließen.«

Bishop verzog unbehaglich das Gesicht. »Nun … ich kenne sie beide nicht besonders gut, die meiste Zeit verbrachte ich mit Sir Horace, aber selbst wenn man jemanden kaum kennt, kann man einen Eindruck von dieser Person haben. Ich kann mir weder Lady Avondale noch Sheila Nesbitt als Mörderinnen vorstellen. Und glauben Sie mir, in dreißig Jahren bei der Armee lernt man, Menschen einzuschätzen.«

»Gewiss. Ist Ihnen bekannt, ob Sir Horace und Lady Arleen eine harmonische Ehe führten? Oder gab es, wie soll ich sagen, Spannungen?«

»Spannungen? Nicht, dass ich wüsste. Ich bin sicher, Horace hätte mir davon erzählt, wenn es welche gegeben hätte. Nein, im Gegenteil, ich hatte den Eindruck, dass es eine ausgesprochen glückliche Ehe war.«

»Eine allerletzte Frage: Warum hat Sir Horace hier in Deauville gefeiert. Warum nicht in England?«

Major Bishop zuckte die Achseln. »Wer weiß? Horace war sehr impulsiv. Wenn er sich mal etwas in den Kopf gesetzt hatte, gab es kein Zurück mehr. Er hatte oft verrückte Ideen.«

Verrückter geht's gar nicht mehr, dachte ich bei mir.

In diesem Moment wurden wir von einem heftigen Windstoß erfasst und im Gegensatz zu Grover und

Bishop gelang es mir nicht, rechtzeitig meinen Hut festzuhalten. Im nächsten Moment befand er sich bereits weit über dem Meer und wehte in Richtung England. Ich konnte es ihm nicht verdenken.

Kapitel 13

Während Grover und ich uns durch den schneidenden Wind den Weg zum Hotel zurückbahnten, ließ ich mir die Aussage des Majors noch einmal durch den Kopf gehen. Etwas Wichtiges war mir dabei aufgefallen, es war von so eminenter Bedeutung, dass der Fall durch die Beachtung dieser Tatsache im Nu geklärt sein würde, aber leider wollte mir nicht in den Sinn kommen, um was es sich handelte. Doch es gab genug Anderes, das offen zutage lag: Bishops Behauptung, dass Gift eine Frauenwaffe sei (was ihn selbst als Täter ausschließen sollte), das verdächtige Schwitzen, der Umstand, dass er einen Revolver besaß, all das (aber vor allem diese eine Sache, auf die ich nicht kam) machte mehr als deutlich, dass Major Terry Bishop auf der Liste der Verdächtigen ganz nach oben gehörte. Ich informierte Grover über meine Erkenntnisse, doch er brummte nur in seiner bekannt stoffeligen Art, dass es noch zu früh sei, endgültige Schlüsse zu ziehen.

Avondales Kompagnon, Clifford Marsh, entdeckten wir auf der Terrasse des Hotels. Er saß dort allein an einem kleinen runden Tisch vor einer Orangeade und einem länglichen Kuchen, der äußerlich nicht viel hermachte, der sich im Zuge meiner späteren Ermittlungen jedoch als eine mit Pudding gefüllte Köstlichkeit namens Eclair herausstellen sollte. Marsh war ungefähr sechzig und füllig. Er trug einen teuren, aber verknitterten, sandfarbenen Anzug mit einer schlecht gebundenen Fliege und hatte ein rundes Gesicht mit zwei Augen, die stets überrascht dreinzublicken schienen. Er wirkte bekümmert. Bei mir stellte sich auf Anhieb der Eindruck ein, den auch Lady Avondale von ihm hatte: ein herzensguter, reichlich naiver Mensch, der in jeder Hinsicht außerstande war, eine böse Tat zu begehen. Doch anders als Lady Avondale ließ ich mich davon nicht so ohne Weiteres täuschen: Jeder, der einige Kriminalromane von Agatha Christie gelesen hat, weiß, dass der Täter fast immer diejenige Person ist, der man es nie im Leben zugetraut hätte. Ich beschloss daher, Clifford Marsh auf meiner Liste der Verdächtigen ganz nach oben zu setzen.

Wir stellten uns vor und Mr. Marsh lud uns freundlich (hinterhältig??) ein, Platz zu nehmen. Chief-Inspector Grover zückte erneut seinen Block.

»Wissen Sie noch, wo Sie und die anderen vier sich befanden, kurz bevor Sir Horace den tödlichen Cocktail zu sich nahm?«

Clifford Marsh zog hilflos die Augenbrauen hoch und blies dann seine Backen auf. »Ich fürchte, nein. Ich habe ein furchtbar schlechtes Gedächtnis.«

Das war nun (nach Lady Avondale) schon der zweite Zeuge, der sich auf sein schlechtes Gedächtnis berief. Eine Unsitte, die ich überaus ärgerlich fand. Jeder klagt, wenn ihm etwas nicht einfällt, über sein schlechtes Gedächtnis, ja, es wird geradezu damit kokettiert. Es ist der einzige Fehler, den jeder sofort zugibt; nur einmal möchte ich jemanden sagen hören: »Wenn ich doch nur nicht so dumm wäre!«

»Können Sie sich einen Grund vorstellen, warum jemand Sir Horace ermorden wollte?«, setzte Grover sein Verhör fort.

Clifford Marsh wirkte erschrocken. »Nein. Warum sollte irgendjemand so etwas Fürchterliches wollen?«

»Nun, irgendjemand *hat* es gewollt. Und auch ausgeführt«, erinnerte ich ihn.

Clifford Marsh seufzte. »Ich weiß. Es will mir nur nicht in den Kopf.«

»Ist Ihnen irgendetwas Verdächtiges oder überhaupt Ungewöhnliches auf der Party aufgefallen, Mr. Marsh?«, meldete sich der Chief-Inspector erneut zu Wort.

»Leider nein. Ich wünschte, es wäre so. Vielleicht fällt mir ja später noch etwas ein, aber ich bin immer noch etwas durcheinander. Wenn ich mir vorstelle, dass Horace für immer von uns gegangen ist …« Er schüttelte den Kopf, als könne er es nicht glauben.

Grover wartete einen Moment, bevor er die nächste Frage stellte. »An wen geht nach seinem Tod sein Firmenanteil?«

»An Lady Avondale natürlich«, antwortete er arglos. Dass ihm Grover indirekt unterstellte, dass er möglicherweise selbst davon profitiere, schien ihm nicht in den Sinn zu kommen. Dann erbleichte er plötzlich. »Mir wird erst jetzt bewusst, dass ich mich ohne ihn künftig auch um das Geschäftliche zu kümmern habe. Ein grauenvoller Gedanke, das ist ganz und gar nicht meine Welt.«

»Was *ist* denn Ihre Welt?«, fragte ich. »Beziehungsweise, was war bisher Ihre Aufgabe in der Firma?«

»Ich bin Ingenieur. Ich habe mich um den technischen Teil gekümmert. Die Entwicklung und Verbesserung unserer Maschinen. Wenn ich mir vorstelle, dass ich künftig Bilanzen lesen soll, wird mir ganz anders. Ich habe es vor einiger Zeit *einmal* versucht, es war ein Debakel, ich schaffe es einfach nicht, dass die Gesamtrechnung am Ende ausbalanciert ist und was das mit Kunden Verhandeln angeht, ist es sogar noch schlimmer. Ich glaube, ich würde den Leuten so weit entgegenkommen, dass wir bei jedem Verkauf sogar noch Verlust machen.« Er schnitt mit der Gabel ein großes Stück von seinem Eclair ab und kaute verzweifelt darauf herum.

Wir verabschiedeten uns und begaben uns auf die Suche nach unseren letzten beiden Verdächtigen: Sheila Nesbitt und Nigel Unsworth.

Sheila Nesbitt entdeckten wir im Wintergarten des Hotels, der mit seinen zahlreichen eingetopften Palmen und exotischen Blumen beinahe schon einem Dschungel glich. Sie saß dort vor einer Tasse Tee und blätterte in einer Modezeitschrift. Allzu traurig schien sie über den Tod ihres Onkels nicht zu sein (was ihr auf meiner Verdächtigungsliste einen Platz ganz oben einbrachte), selbst wenn man in Betracht zog, dass Sir Horace ja nur nominell ihr Onkel war, eigentlich jedoch *nur* der Gatte ihrer Tante. Fairerweise muss ich jedoch zugeben, dass die junge Dame mit ihren kastanienraunen Locken und ihrer Sanduhrfigur andererseits einen Anblick bot, auf den in Frankreich die korrekte Reaktion »ohlala« lautete. Wir traten an ihren Tisch und stellten sowohl uns als auch unser Anliegen vor. Mit einer fahrigen Bewegung und einem kaum vernehmbaren »Bitte sehr« forderte sie uns auf, Platz zu nehmen. Mit großen Augen sah sie uns an und ich bemerkte, dass ihre kirschrote Unterlippe zitterte. Aus der Nähe erkannte ich auch, dass ihr Make-up die Blässe ihres Gesichts nur unzureichend verdeckte. Offenbar war sie längst nicht so ruhig, wie sie der Umwelt durch ihr ostentativ gelangweiltes Zeitschriftenblättern glauben machen wollte. Grover zückte seinen Notizblock und war eben im Begriff, seine erste Frage zu stellen, als ihm Sheila Nesbitt zuvorkam. »Ich habe es nicht getan!«, flüsterte sie und sah uns eindringlich an.

Grover hob beruhigend die Hand. »Das hat auch niemand behauptet, Miss Nesbitt.«

Ihre Stimme wurde noch leiser, aber dafür eindringlicher. »Aber wozu dann dieses Verhör?«

»Reine Routine. Wir reden mit allen, die Sir Horace persönlich kannten. Und dies ist kein Verhör, sondern lediglich eine Befragung.«

Sie sah uns überrascht an. »Ach so?« Ihr Tonfall klang misstrauisch.

Grover zog seine Pfeife sowie einen Tabaksbeutel aus der Manteltasche und begann, sie umständlich zu stopfen. Sheila Nesbitt verfolgte es mit nervösen Blicken. Er ließ sich Zeit mit seiner ersten Frage: »Ist Ihnen auf der Cocktailparty etwas Ungewöhnliches aufgefallen?«

Sheila Nesbitt schüttelte nervös den Kopf. »Nein, was denn?«

»Was auch immer. Etwas, das ungewöhnlich war, eben.«

»Nicht, dass ich wüsste.«

»Wer stand kurz vor dem Tod Ihres Onkels in seiner Nähe?«

Sie kniff nervös die Lippen zusammen und legte die Stirn in höchst unkleidsame Falten. Es dauerte eine Weile, bis sie endlich antwortete. »Nun, ich jedenfalls nicht! Und meine Tante auch nicht!« Sie dachte erneut nach. »Und soweit ich mich erinnere, auch nicht diese beiden anderen Männer aus der Firma. Marsh und dieser andere, den Namen kenne ich nicht.«

»Der Prokurist. Mr. Unsworth.«

»Ja, kann sein, aber dieser Major Bishop befand sich zu dem fraglichen Zeitpunkt ganz in seiner Nähe.«

»Das ist äußerst interessant.« Grover machte eine Notiz.

»Zumindest glaube ich das«, fügte sie vorsichtig hinzu. »Ich bin ziemlich sicher.«

Grover warf mir einen kurzen Blick zu. Ich nahm an, dass er das Gleiche dachte wie ich. Entweder hat man jemanden irgendwo stehen sehen oder nicht. Es hatte ganz den Anschein, als versuchte Sheila Nesbitt, den Major absichtlich zu belasten, ohne sich tatsächlich zu erinnern, wo er sich befunden hatte, darum hatte sie für den Fall, dass mehrere Zeugen ihn später entlasteten, dieses »zumindest glaube ich das« hinzugefügt. Was für ein feines Früchtchen! Wenn auch ein sehr appetitliches.

Kapitel 14

Jetzt fehlte auf unserer Liste nur noch Nigel Unsworth, der Prokurist von Avondale & Marsh. Wir fanden ihn etwa zwei Stunden später in der Hotellobby, wo er Zigarette rauchend in einem schweren Ledersessel hockte, einen Schreibblock auf den Knien, und eifrig etwas niederschrieb. Er war schmächtig, hatte schütteres Haar, ein fliehendes Kinn und trug eine Nickelbrille mit runden Gläsern. Sein brauner Anzug schien ein wenig zu eng zu sein. Als Grover ihn ansprach, zuckte er zusammen wie ein Internatszögling, den man bei einer Schandtat ertappt hatte. Das schien ihm unangenehm zu sein, denn nachdem wir uns vorgestellt hatten, haspelte er nervös eine Erklärung runter, dass, auch wenn er hier in Deauville festsitze, die Geschäfte von Avondale & Marsh in London natürlich weitergeführt werden müssten und er daher in stetem Wechsel von Telegrammen stehe, deren Aufgabe durch sein schlechtes Französisch noch zusätzlich verkompliziert wurde. Dies und der Umstand, den schrecklichen Tod seines Arbeitgebers selbst miterlebt zu haben, zehre erheblich an seinem Nervenkostüm. Er nestelte eine weitere Zigarette aus einer verknitterten Packung und bot uns ebenfalls davon an. Wir lehnten ab und nahmen Platz. Ich zog mein Zigarettenetui hervor und steckte mir eine türkische Zigarette an.

»Verfolgen Sie denn bereits eine Spur?«, kam er Grover mit der ersten Frage zuvor.

Grover machte ein undurchdringliches Gesicht. »Wir verfolgen diverse Spuren, doch noch ist es zu früh, endgültige Schlüsse zu ziehen.«

Ich war tief beeindruckt. Das klang viel distinguierter als »wir haben keinen Schimmer, was los ist«. Anscheinend lernte man bei Scotland Yard doch das eine oder andere.

»Nun, ich wünsche Ihnen Erfolg, meine Herren. Je schneller wir alle nach Hause dürfen, desto besser. Die Lage wird mit jedem Tag schwieriger. Vieles lässt sich per Telegramm regeln, aber doch eben nicht alles. Ist diesem Capitaine Cabillaud denn überhaupt nicht bewusst, welchen immensen Schaden er verursacht?«

Ich muss gestehen, dass ich mir diese Frage auch schon gestellt hatte, mich bisher aber nicht entscheiden konnte, ob Cabillaud es aus Dummheit nicht wusste, es ihm aus Trägheit egal war oder ob er sich aus typisch französischer Niedertracht sogar noch daran ergötzte.

»Vielleicht können *Sie* uns ja helfen, diesem unerfreulichen Zustand ein Ende zu setzen«, entgegnete

Grover. »Ist Ihnen auf der Cocktailparty etwas Verdächtiges aufgefallen?«

Unsworth dachte scharf nach. »Ich fürchte, nein«, gab er schließlich bekümmert bekannt. »Allerdings …« Er zögerte. »Ich weiß nicht, ob es hierher gehört, wahrscheinlich eher nicht und ich möchte hier auch niemanden in Misskredit bringen und schon gar nicht beschuldigen, aber vielleicht sollte ich es der Vollständigkeit halber dennoch einfach erwähnen …« (Dies ist die stark verkürzte Version von dem, was Unsworth sagte, aber ich denke die Grundhaltung dahinter ist klar geworden.) »… aber …«

»Aber?«, fragte Chief-Inspector Grover, seine Ungeduld nur noch unzureichend verbergen könnend.

Unsworth atmete tief durch, als müsse er Mut schöpfen. »Aber, in den letzten Tagen, bevor wir alle nach Deauville kamen, konnte ich nicht umhin zu bemerken, dass zwischen Sir Horace und Mr. Marsh, wie soll ich es ausdrücken, nun nicht direkt Streit, das nicht, aber doch so etwas wie eine gewisse unübersehbare Spannung herrschte.« Er lachte nervös. »Wie gesagt, das muss gar nichts heißen, ja, ich bin im Grunde sogar sicher, dass es nichts zu bedeuten hat, aber ich dachte, dass Sie es vielleicht besser wissen sollten.«

Grover machte sich eine Notiz. »Es war richtig, uns das zu sagen, Mr. Unsworth. Wir werden Mr. Marsh darauf ansprechen.«

Der Prokurist wurde blass, verschluckte sich an seinem Zigarettenqualm und begann zu husten, was ihn aber nicht hinderte, gleichzeitig zu sprechen. »Aber ... ich hoffe doch, Sie werden ihm nicht sagen, dass Sie diese Information von mir haben, ich käme ja in Teufels Küche, ich ...«

»Seien Sie versichert, dass wir mit äußerster Diskretion vorgehen.«

»Dann bin ich beruhigt«, erwiderte Unsworth aufs Höchste beunruhigt.

Es war eindeutig. Unsworth war daran gelegen, seinen Arbeitgeber in ein verdächtiges Licht zu rücken, und dies auch noch, ohne dafür Verantwortung zu übernehmen. Aus diesem unerhört unenglischen Verhalten konnte man nur einen Schluss ziehen: Auf der Liste der Verdächtigen gehörte er ganz nach oben!

Später am Abend – Grover war inzwischen in seine Absteige zurückgetrabt – saß ich beim Dinner erneut mit Julius C. Hartford zusammen. Er erkundigte sich mit treuherzigem Blick (aber der süffisante Zug, der dabei um seine Mundwinkel spielte, entging mir keineswegs), wie es denn um meine Ermittlungen bestellt sei.

Ich blieb streng bei der Wahrheit, die da lautete, dass bereits alle als Täter in Frage kommenden Personen verhört worden waren und eine Liste mit besonders Verdächtigen existierte. Ich bot ihm großzügig an, von unserer Wette zurückzutreten, doch der abscheuliche

Yankee lachte nur hämisch. Ich muss gestehen, ich hasste ihn ein bisschen, doch einige Zeit darauf hatte ich mich innerlich wieder mit ihm versöhnt, denn ich hatte entdeckt, dass das Normandy Barrière nicht nur ausgezeichneten Calvados servierte, sondern auch eine Weinkarte besaß, die ihresgleichen suchte und Hartford und ich hatten reichlich Gebrauch davon gemacht. Die Stimmung verbesserte sich noch weiter, als ein Gesangstrio auftrat und ein sehr gefühlvolles französisches Lied vortrug, wobei ich allerdings schon anmerken muss, dass es in England höchstwahrscheinlich von nur einem Sänger gesungen worden wäre, doch offenbar fand man im kulturlosen Frankreich das Lied so schwer, dass man drei Leute aufbieten musste, um es zu singen.

Zwei Stunden später, als ich vorzüglichster Laune auf dem Flur zu meinem Zimmer entlang schwebte, vernahm ich plötzlich hinter meinem Rücken ein leises »Pst!«.

Ich wandte mich um und erblickte – Tallulah Quayle. Sie stand hinter der einen Spalt weit geöffneten Tür ihres Zimmers und bedeutete mir mit hektischen Gesten und Verschwörermiene, näherzutreten.

Mehr als misstrauisch tat ich es und ehe ich's mich versah, befand ich mich in ihrem Zimmer – oder sollte ich sagen Boudoir? Denn abgesehen vom Licht einer Kerze, die auf einem kleinen runden Tischchen stand, war es dunkel. Ein orientalischer Geruch, der mir die Tränen in die Augen trieb, hing schwer in der Luft.

Tallulah Quayle trug nicht, wie ich zuerst angenommen hatte, einen bunten Morgenmantel, sondern ein pittoresk gemustertes bodenlanges Gewand, und dazu eine Art Turban. Sie sah aus wie eine Hellseherin in einer Noel-Coward-Komödie. Ich habe nie verstanden, warum Menschen, die von sich behaupten, übersinnliche Kräfte zu besitzen, immer lächerliche Kleidungsstücke tragen müssen. Entweder man kann Hellsehen oder nicht, die Kleidung spielt dabei keine Rolle. In einem merkwürdigen Singsang (durch den sie noch spinnerter wirkte als ohnehin schon) erklärte sie mir, dass sie mir helfen wolle, den mysteriösen Mord aufzuklären. Sie nötigte mich, an dem kleinen Tisch Platz zu nehmen, und setzte sich mir gegenüber. Erst jetzt bemerkte ich, dass sich auf dem Tisch ein Stapel mit Tarotkarten befand. Ich war irritiert. Dreifach. Denn erstens schien sie keinerlei pekuniäre Absichten zu verfolgen, was ja meines Wissens üblicherweise der einzige Zweck von solcherlei Brimborium ist. Ich konnte es mir nur so erklären, dass sie mir helfen wollte, den Fall zu lösen, damit Capitaine Cabillaud sein Verbot, das Land zu verlassen, aufheben würde, das uns englische Gäste – und damit auch Miss Quayle – betraf. Dies wiederum führte zu meiner zweiten, noch weit größeren Irritation: Offensichtlich glaubte die Dame selbst an den Hokuspokus, den sie veranstaltete. Drittens wunderte ich mich über mich selbst. Normalerweise hätte ich bei solch einem Angebot a) hohnlachend und b) unverzüglich das Weite gesucht, doch tief in meinem Inneren schien etwas eine übersinnliche Saite angeschlagen zu haben. Vermutlich war es die Zehntausend-Pfund-Wette mit Julius C. Hartford, die mich in meiner Verzweiflung nach jedem Strohhalm greifen ließ.

Sie ließ mich die Karten mischen und abheben, dann begann sie, diese nach einem für mich nicht nachvollziehbaren System auf dem Tisch auszulegen. Die erste Karte stand laut Miss Quayle für Horace Avondale. Sie bezeichnete sie als den König der Kelche. Erstaunlicherweise zeigte sie einen König mit einem großen Trinkbecher. Ich war beeindruckt. Diese Karte passte wie die Faust aufs Auge auf den Cocktails mixenden Millionär. Sollte etwa doch etwas an diesem ganzen Kartenlegeschmu dran sein?? Während sie weitere Karten auslegte, erklärte sie in einem lächerlich entrückten Ton, dass bei dieser Angelegenheit die Zahl zwei und die Zahl drei eine entscheidende Rolle spielen würde. Das half mir nun gar nicht weiter, was ich ihr auch sagte, doch sie ließ sich nicht aus der Ruhe bringen. »Der Mörder hat kein Gewissen und kein Herz. In seinen Adern fließt Eiswasser.« *So ist das bei Mördern meistens*, dachte ich, doch dann präsentierte sie ihren einen echten Knüller. »Eine weitere Person wird sterben«, fügte sie hinzu.

»Wer?« fragte ich.

»Davon schweigen die Karten. Doch ich sehe Schnee. Viel Schnee. Und er liegt in einem Zimmer.«

ZWEITER TEIL

Kapitel 15

Ein neuer Tag war angebrochen. Es regnete in Strömen, so dass ich mich ein bisschen so fühlen konnte, als sei ich in England, und in entsprechend guter Stimmung begab ich mich zum Frühstück. Ich war so gut gelaunt, dass mir sogar die französischen Croissants und Milchkaffees nicht mehr als Ausgeburten der Hölle erschienen. Sicher, beides war in keiner Weise englisch, aber mit ein wenig gutem Willen konnte man es in einer Notsituation wie dieser durchaus genießbar finden. Wenige Minuten später erschien auch Chief-Inspector Grover. Er trug eine dünne, graue Aktenmappe unter dem Arm und wirkte aufgewühlt. Zu Recht, wie sich herausstellte.

»Jemand hat mein Hotelzimmer durchsucht«, raunte er mir zu, während er, misstrauisch um sich blickend, mir gegenüber Platz nahm. Mir fiel vor Schreck das Croissant aus der Hand. »Was, wann, wer?«

»Es muss passiert sein, als wir gestern mit unseren Verdächtigen sprachen. Alles ist durchwühlt. Nicht nur mein Gepäck, sondern das ganze Zimmer.«

»Wie überaus merkwürdig. Warum sollte jemand so etwas tun? Ich meine, nichts für ungut, Grover, aber wenn ein Hoteldieb nach Geld oder Wertsachen sucht, wird er das kaum in einem so billigen Hotel tun, sondern hier im Normandy Barrière.«

»Allerdings. Das war nicht irgendein Hoteldieb. Es muss um mich persönlich gegangen sein. Jemand hat etwas ganz Bestimmtes gesucht. Zweifellos der Mörder von Sir Horace.«

»Aber was könnte er gesucht haben?«

Grover schüttelte betrübt den Kopf. »Es kommt natürlich vor, dass Täter versuchen, Beweismaterial, das sie belastet, zu stehlen, aber ich besitze ja gar kein Beweismaterial. Das ergibt keinen Sinn.«

»Für uns nicht«, philosophierte ich. »Und für keinen vernünftigen, rationalen Menschen, aber vielleicht ist nun der Moment gekommen, in Betracht zu ziehen, dass es sich bei dem Mörder *doch* um einen Franzosen handelt. Niemand weiß, was in diesen Köpfen vorgeht.«

Grover biss nachdenklich in ein Croissant. »Vielleicht. Aber ich denke, vorerst sollten wir uns weiterhin an unsere fünf Hauptverdächtigen halten. Übrigens gibt es diesbezüglich vielleicht Neuigkeiten, die uns weiterhelfen.« Er klopfte auf die Aktenmappe, die er neben seinen Stuhl gestellt hatte.

»Heute Morgen sind bereits eine Reihe von Telegrammen für mich eingetroffen. Meine Anfrage an

Scotland Yard. Offenbar sind einige unserer fünf Verdächtigen keine unbeschriebenen Blätter.«

Ich nippte an meinem Kaffee. »Um besonders schwerwiegende Dinge wird es sich wohl nicht handeln, sonst würden sie ja nicht frei herumlaufen.«

Grover brummte etwas Unverständliches, nahm einen großen Schluck Kaffee und sodann begann er, mich ins Bild zu setzen. »Da hätten wir zunächst Major Terry Bishop. Hochdekorierter Kriegsheld, aber in jüngeren Jahren gab es wohl eine Reihe von Frauengeschichten.«

»Das ist ja kein Verbrechen«, klärte ich ihn auf. »Ganz im Gegenteil.«

Grover rümpfte die Nase. »Ein Verbrechen nicht direkt, aber wenn man deswegen wiederholt seinen Dienst versäumt und es sich bei den Frauen auch noch um die Gattinnen von vorgesetzten Offizieren handelt, ist das zumindest ein Problem. Offenbar hat man ihn, als die Sache publik wurde, nur deshalb nicht unehrenhaft aus der Armee entlassen, weil er ansonsten ein herausragend fähiger Offizier war, aber man hat ihn um zwei Ränge degradiert und nach Indien versetzt.«

»Nach einem zukünftigen Mörder klingt das eher nicht.«

»Wer weiß? Wer sich *da* unkorrekt verhält, kann es auch *dort* tun.«

»Vielleicht. Was ist mit den anderen?«

»Sheila Nesbitt. Lady Avondale erwähnte bereits, dass Miss Nesbitts Eltern bei einem Verkehrsunfall ums Leben gekommen sind. Was sie allerdings *nicht* erwähnte, ist, dass bei ihrem Automobil die Bremsen versagt haben und dies, obwohl es erst wenige Wochen alt war.«

»Wollen Sie damit andeuten, dass Miss Nesbitt ihre Eltern umgebracht hat?«

»Ich deute gar nichts an. Ich gebe nur die Faktenlage wieder. Der Fall wurde seinerzeit von der örtlichen Polizei gründlich untersucht, aber Beweise für ein Fremdverschulden konnten nicht erbracht werden, was natürlich nicht unbedingt heißt, dass es nicht doch so war.«

»Miss Nesbitt wurde also nicht angeklagt.«

»Dazu ist es nicht gekommen. Dennoch: Es ist mehr als seltsam.«

»In der Tat.«

»Und dann hätten wir noch Sir Horace.«

»Was ist mit ihm?«

»Vor fünfzehn Jahren ging seine erste Firma pleite. Die Firma hatte zu dieser Zeit gewaltige Außenstände bei anderen Firmen. Avondale konnte nicht zahlen und ruinierte damit mehrere Firmen.«

»Üble Geschichte.«

»Übler als es klingt. Der Besitzer einer der ruinierten Firmen erschoss sich daraufhin. Eine gerichtliche Untersuchung wurde eingeleitet, man warf Avondale vor, einen betrügerischen Bankrott begangen zu haben. Alle Indizien sprachen dafür, aber Sir Horace hatte einen guten Anwalt. Letztlich wurde er freigesprochen. Nicht wegen erwiesener Unschuld, sondern weil sich kein Vorsatz beweisen ließ.«

»Mag alles sein. Aber Sir Horace ist in unserem Mordfall das Opfer und kommt als Täter nicht in Frage.«

»Richtig, dennoch könnte sein Verhalten das Motiv für den Mord sein.«

»Sie meinen, jemand, den er ruiniert hat oder dessen Angehöriger?«

»Das wäre keineswegs abwegig.«

»Aber dann kämen unsere fünf Hauptverdächtigen alle nicht in Betracht. Außerdem sagten Sie, die Sache ist fünfzehn Jahre her. Warum hätte der Mörder so lange warten sollen?«

Der Chief-Inspector biss in sein Croissant. »Wie heißt es so schön: Rache ist ein Gericht, das man am besten kalt genießt.«

Kapitel 16

Nach dem wir unser »Frühstück« beendet hatten, beschlossen wir, über unser weiteres Vorgehen während eines Spazierganges an der Seepromenade zu beraten, doch wir hatten uns gerade erst einige Schritte vom Hotel entfernt, als ich das Gefühl hatte, von ferne meinen Namen zu vernehmen. Ich drehte mich um, doch es war niemand zu sehen und wir setzten unseren Weg fort. Erneut vernahm ich meinen Namen und nun entdeckte ich Major Bishop, der auf dem Balkon seines Zimmers stand und uns durch Gesten zu verstehen gab, dass wir zu ihm heraufkommen sollten. Seinem Gesichtsausdruck nach schien es von großer Wichtigkeit zu sein. Zwei Minuten später klopften wir an seine Tür. Er öffnete augenblicklich, als habe er bereits mit der Hand auf der Klinke auf uns gewartet, und hielt sich nicht lange mit der Vorrede auf: »Mein Revolver ist verschwunden.« Wir traten ein, er schloss die Tür und er wies auf eine Kommode, bei der sämtliche Schubladen, bis auf die obere linke, aufgezogen waren.

Der Major zeigte auf die Schublade daneben. »Hier hatte ich ihn aufbewahrt. Als ich vom Frühstück zurückkam, fand ich die Kommode so vor und der Revolver war nicht mehr da.«

Chief-Inspector Grover trat zu der Kommode. »Hatten Sie das Zimmer abgeschlossen, Major?«

»Selbstverständlich!«, gab dieser entrüstet zurück.

Grover wies auf die offene Balkontür. »War diese Tür auch verschlossen?«

»Leider nicht«, gab der Major zerknirscht zurück. »So muss er reingekommen sein.«

»Möglich. Oder er hatte einen Dietrich. Wann haben Sie Ihr Zimmer so vorgefunden?«

»Gerade eben. Vor drei Minuten. Ich bin dann auf den Balkon, um einen klaren Kopf zu kriegen, da sah ich Sie beide.«

»Fehlt außer dem Revolver sonst noch etwas?«

»Nicht, dass ich wüsste. Mein Geld, das in derselben Schublade lag, und meine Krawattenadel sind noch da.«

»Haben *Sie* die linke Schublade geschlossen?«

»Nein.«

»Das ist interessant. Überaus interessant.«

»Inwiefern?«, erkundigte ich mich überaus interessiert.

»Aus zwei Gründen. Normalerweise, wenn man etwas in einer Kommode sucht, fängt man oben an und arbeitet sich nach unten durch. Um in die nächste

Schublade sehen zu können, muss man die darüber erst schließen. Das kostet natürlich Zeit. Zeit, die Einbrecher nicht haben. Sie öffnen daher die Schubladen von unten nach oben, so dass am Ende alle Schubladen offen sind. Dass es hier der Fall ist, lässt darauf schließen, dass es sich um einen Profi handelt.«

»Und was ist der zweite Grund?«

»Da nicht mal das Geld fehlt, das jeder normale Dieb selbstverständlich mitgenommen hätte, und er die letzte Schublade nicht mehr geöffnet hat, müssen wir davon ausgehen, dass es der Dieb speziell auf Ihren Revolver abgesehen hatte, Major.«

»Mein Gott, Sie haben recht.« Bishop ließ sich in einen Sessel fallen. Schweißperlen standen auf seiner Stirn.

Grover zog Notizblock und Bleistift hervor. »Um was für ein Modell handelt es sich bei dem Revolver?«

»Standardarmeeausführung. Webley Mark VI.«

»Er war natürlich geladen.«

»Natürlich.« Bishop zögerte. »Ich dachte, es ist meine Pflicht, Sie hiervon in Kenntnis zu setzen. Zumal es ja durchaus mit dem Mord an Horace in Verbindung stehen könnte, dennoch wüsste ich es sehr zu schätzen, wenn Sie diesen Vorfall mit größter Diskretion behandeln würden. Ein Offizier, dem der Revolver gestohlen wird … Sie verstehen …«

»Wir tun unser Bestes, Major, und es war richtig, dass Sie uns informiert haben. Allerdings würde ich

Ihnen dringend empfehlen, Capitaine Cabillaud von dem Diebstahl in Kenntnis zu setzen.«

Major Bishop machte ein skeptisches Gesicht. »Halten Sie das wirklich für erforderlich? Wer weiß, welche falschen Schlüsse der Mann daraus ziehen würde.«

»Die Gefahr besteht natürlich, aber bedenken Sie, welche Schlüsse er zöge, wenn mit Ihrem Revolver ein weiterer Mord begangen werden sollte und der Täter ihn am Tatort zurücklässt. Anhand der registrierten Seriennummer würde man Sie sehr schnell als den Besitzer ausfindig machen und dann …«

Grover und der Major führten ihre Unterhaltung noch eine Weile fort, doch ich hörte nicht mehr zu. Schon diese ganze Zeit über hatte ich den Eindruck gehabt, dass mir ein wichtiger Hinweis entging, der jedoch offen zutage lag. Nun war es mir mit einem Schlag zu Bewusstsein gekommen: In der Luft hing ein ganz bestimmter Duft. Unverkennbar handelte es sich um das Damenparfum »Special No. 127« von Floris. Damit waren die Chancen, dass es sich um einen französischen Dieb handelte, auf ein Minimum gesunken. Die im siebzehnten Jahrhundert gegründete Firma Floris war eine Institution, die britischer war als der Buckingham Palace. Für keinen Gentleman und keine Lady von Geschmack und mit dem nötigen Geldbeutel wäre je ein anderes Produkt in Frage gekommen. Ich selbst führte auch mehrere Stücke Rose-Geranium-Seife von Floris mit mir, da der französischen Seife selbstredend nicht zu trauen war. Somit war klar, dass es sich bei dem Enbrecher nicht nur um einen Engländer, sondern auch um eine wohlbetuchte Dame handeln musste. Dann fiel mir auch ein, wann und bei wem ich diesen Duft zuletzt gerochen hatte. Keine vierundzwanzig Stunden zuvor an Sheila Nesbitt.

Kapitel 17

Während Grover und ich nun unseren Promenadenspaziergang nachholten, berichtete ich ihm von meiner Erkenntnis, dass Sheila Nesbitt den Revolver gestohlen hatte. Grover gab sich skeptisch.

»Und das wollen Sie allein aus einem Parfumduft schließen, den Sie gerochen haben?«

»Warum nicht? Es wurde schon mehr aus weniger geschlossen.«

Grover dachte nach. (Man kann bei ihm sehen, wenn er denkt. Es strengt ihn sichtlich an.) »Hm. Zumindest eines spricht für Ihre Theorie.«

»Ganz sicher sogar. Und was?«

»Dem Einbrecher ging es nur um den Revolver, folglich muss er gewusst haben, dass in diesem Zimmer einer zu finden ist, und das kann er nur dann wissen, wenn er auch weiß, dass Terry Bishop ein Offizier ist. Ein gewöhnlicher Hoteldieb weiß das nicht. Und die meisten Hotelgäste ebenfalls nicht. In der Tat wissen es nur unsere Hauptverdächtigen. Dies, zusammengenommen mit dem Parfum von Miss Nesbitt, könnte in der Tat dafür sprechen, dass sie den Revolver genommen hat.«

»Na also.«

Grover legte sein Gesicht erneut in dackelige Nachdenkfalten. »Andererseits: Warum sollte Sheila Nesbitt einen Revolver stehlen?«

»Warum?«, entgegnete ich erregt, während ich fieberhaft nach einer Antwort suchte und sie auch fand. »Warum sollte sie den Mann ihrer Tante vergiften? Warum sollte sie die Bremsen am Automobil ihrer Eltern außer Betrieb setzen? Weil sie eine Mörderin ist und nicht damit aufhören kann. Ich sage voraus, dass sie schon bald jemanden mit dem Revolver des Majors erschießen wird, wenn wir es nicht verhindern. Die Dame ist zweifellos wahnsinnig.« Das Jagdfieber hatte mich gepackt. Der Duft im Zimmer des Majors war die erste handfeste Spur (sofern ein Duft handfest sein kann). Endlich hatten wir einen Fuß in der Tür, die zu den Geheimnissen dieses Falls führte. Und nicht nur das. Wir wussten etwas, das Capitaine Cabillaud nicht wusste. Zum ersten Mal schöpfte ich Hoffnung, dass ich meine Wette mit Julius C. Hartford nicht nur nicht verlieren, sondern gewinnen würde. Nun galt es, dieser Spur weiter zu folgen. »Wir müssen so schnell wie möglich das Zimmer von Sheila Nesbitt durchsuchen«, verkündete ich.

»Das wäre sinnvoll. Aber Sie vergessen, dass ich hier

in Frankreich keinerlei polizeiliche Befugnisse habe. Ich bekomme keinen Durchsuchungsbefehl.«

Das war in der Tat ein Problem, aber ich war nicht gewillt, mich so leicht aufhalten zu lassen. »Dann machen wir's ohne. Heimlich.«

»Heimliche Durchsuchungen ohne amtliche Vollmacht nennt man Einbruch.«

»Was heißt Einbruch auf Französisch?«

»Woher soll *ich* das wissen?«

»Eben.«

Kapitel 18

Während des Mittagessens, das ich mit Grover im Hotel einnahm, wurde mir erneut bewusst, dass der leichte Gewöhnungseffekt, der sich bei mir im Laufe der Tage in Bezug auf Frankreich eingestellt hatte, definitiv nicht angebracht war. Es begann damit, dass Grover sein Essen salzen wollte und feststellen musste, dass auf unserem Tisch zwar ein Pfefferstreuer, aber kein Salzstreuer stand. Er erhob sich, um sich einen solchen von einem der anderen Tische auszuleihen, doch kam er nach einer Minute unverrichteter Dinge zurück. Offenbar fehlten auf *allen* Tischen die Salzstreuer. Noch gingen wir von typisch französischer Schlamperei aus und nahmen an, dass die Streuer zum Auffüllen in die Küche gebracht und dort vergessen worden waren. Also rief Grover einen Kellner und verlangte, dass man ihm unverzüglich einen gefüllten Salzstreuer zur Verfügung stelle, doch der Kellner kratzte sich verlegen am Kopf und teilte uns mit, dass diese nach dem Frühstück, als das Restaurant leer gewesen war, sämtlich einem Diebstahl zum Opfer gefallen seien. Wir waren perplex. Wer stiehlt dreißig Salzstreuer? Und dann auch noch ohne die Pfefferstreuer! Grover versicherte mir auf Nachfrage glaubhaft, dass er in seiner jahrzehntelangen Polizeilaufbahn noch nie von etwas Ähnlichem in England gehört hatte. Es lag wieder einmal klar auf der Hand: Die Franzosen – auch die Kriminellen – waren seltsam und vom Essen besessen. Dies wurde mir erneut bewusst, als ich in meiner Gutmütigkeit zum Nachtisch eine Crème brûlée bestellte, eine Art französischen Karamellpudding. Nun ist schon Karamellpudding eines der schwächsten Desserts überhaupt, da es sich ja im Grunde nur um angebrannten Vanillepudding handelt, doch selbst hier muss der Franzose es wieder auf die Spitze treiben. Nicht nur bei der absurden Schreibweise dieser Süßspeise, die von Accents und stummen E's nur so wimmelt, nein, auch bei der Zubereitung, bei der zum Schluss der Pudding noch mit einer sinnlosen, aber scharfkantigen Kruste überzogen wird. Ich aß ihn trotzdem ohne größere Probleme, da ich kaum hinschmeckte, denn noch immer mühte ich mich, Grover zur heimlichen Durchsuchung von Sheila Nesbitts Zimmers zu bewegen. Inzwischen hatte ich ihn soweit, dass er die Sinnhaftigkeit dieser Aktion einräumte, aber nun führte er eine angebliche Undurchführbarkeit ins Feld, da es uns nicht gelingen würde, in ihr Zimmer zu gelangen. Ein Punkt, dem ich leider nichts entgegenzusetzen hatte. Dann kam uns das Schicksal zu Hilfe. Just als wir den Speisesaal verließen und die Rezeption durchquerten, entdeckte ich Sheila Nesbitt, die eben im Begriff war, das Hotel zu verlassen und einige Sekunden zuvor ihren Zimmerschlüssel mit dem schweren Messinganhänger auf den Rezeptionstresen gelegt hatte. Der Concierge war damit beschäftigt, Post in die Fächer der Hotelgäste zu sortieren, und drehte uns den Rücken zu. Ich reagierte sofort. Mit einem Satz war ich am Tresen und schnappte mir den Schlüssel. Triumphierend hielt ich Grover meine Beute unter die Nase. Ich ging davon aus, dass er nun keine Einwände mehr finden konnte, doch ich hatte mich getäuscht. »Was, wenn Miss Nesbitt zurückkommt, während wir ihr Zimmer durchsuchen, und feststellt, dass ihr Schlüssel verschwunden ist?«

»Dann kann sie nicht in ihr Zimmer und uns entdecken.«

»Was, wenn sie sich vom Rezeptionisten aufschließen lässt?«

Ich hatte eine Idee. »Wie lange benötigen Sie für die Durchsuchung des Zimmers?«

»Warum ich?«

»Sie sind der Experte im Sachen finden. Wenn es darum geht, Sachen zu verlieren, bin ich Ihr Mann, aber finden …? Das müssen *Sie* schon machen. Also wie lange?«

»Je länger desto besser. Mindestens dreißig Minuten.«

»Gut. Ich werde ihr folgen, wenn sie tatsächlich zu früh ins Hotel zurückkehrt, halte ich sie auf.« Und ehe Grover protestieren konnte, war ich aus dem Hotel und heftete mich mit einigem Abstand an die Fersen von Sheila Nesbitt. Die junge Dame schien es eilig zu haben, es war ganz offensichtlich, dass es kein Spaziergang war, sondern dass sie einem bestimmten Ziel entgegenstrebte. Ich folgte ihr bis in die Rue Gontaut Biron, wo sie ein Juweliergeschäft betrat. Um nicht gesehen zu werden, wenn sie den Laden wieder verließ, zog ich meinen Hut (glücklicherweise hatte ich in weiser Voraussicht einen zweiten auf diese Reise mitgenommen) tiefer ins Gesicht und wechselte die Straßenseite. Ich zündete mir eine türkische Zigarette an und wartete, während ich darüber nachsann, dass es doch einigermaßen seltsam war, dass eine Frau, die auf die finanzielle Unterstützung ihrer Verwandten angewiesen ist, offenbar genug Geld besitzt, um Schmuck zu kaufen, und zudem auch noch in der Stimmung ist, dies zu tun, obwohl sie erst wenige Tage zuvor miterleben musste, wie ihr Onkel ermordet wurde. Bei genauerer Betrachtung ergab es allerdings durchaus Sinn, zumindest wenn man davon ausging, dass sie selbst die Mörderin war. Es war keineswegs abwegig, anzunehmen, dass sie eine größere Summe Geldes erben würde und daher durchaus in der Stimmung war, ihr geglücktes Verbrechen durch den Kauf eines Schmuckstückes zu feiern. Plötzlich entdeckte ich in einiger Entfernung den

Major, er kam schnellen Schrittes auf mich zu. Noch schien er mich nicht erblickt zu haben. Da ich jeden Moment damit rechnen musste, dass Sheila Nesbitt das Juweliergeschäft verließ, und nicht riskieren durfte, in ein Gespräch mit Bishop verwickelt zu werden, zog ich meinen Hut noch tiefer ins Gesicht und wandte mich unauffällig ab. In diesem Augenblick sah ich Sheila Nesbitt aus dem Laden treten. Ihre Hände waren leer. Sie schien nichts gekauft zu haben, wirkte aber dennoch zufrieden oder genauer gesagt erleichtert, worauf ich mir keinen Reim machen konnte. Dann begann sie den Weg zurückzugehen, den sie gekommen war. Ich blickte vorsichtig um mich, damit ich bei ihrer Verfolgung nicht dem Major in die Arme lief, doch der war verschwunden. Zumindest dachte ich das für eine Sekunde lang, dann entdeckte ich ihn, wie er eben im Begriff war, ein Haus zu betreten. Ich blickte nach oben und bemerkte ein stark abgeblättertes Schild:

AUB RGE R MBAUD

Dies war noch weit seltsamer als das Verhalten von Sheila Nesbitt. Weshalb betrat Major Bishop eine billige Herberge, wo er doch über ein Zimmer im besten Hotel des Ortes verfügte?

Doch mir blieb keine Zeit, lange darüber nachzusinnen, ich musste Acht geben, dass ich Sheila Nesbitt nicht aus den Augen verlor. Bislang waren seit unserem

Aufbruch vom Hotel erst gute zehn Minuten vergangen – zu wenig für den Chief-Inspector, Miss Nesbitts Zimmer gründlich zu durchsuchen. Falls sie nun stante pede zurückkehrte, würde ich sie aufhalten müssen, und ich begann bereits, mir einen Plan dafür zurechtzulegen. Doch nun schien sie es auf einmal nicht mehr besonders eilig zu haben. In gemächlichem Tempo schlenderte sie durch die Straßen und betrachtete die Auslagen in den Schaufenstern. Schließlich erreichten wir einen Park, wo ich sie auf einer Bank Platz nehmen sah. Ich steuerte auf eine Bank zu, die etwa fünfzig Meter entfernt von der ihren stand, und setzte mich ebenfalls. Was tat Miss Nesbitt hier? Wartete sie auf einen Komplizen? Dachte sie sich Lügen aus, um uns zu täuschen? Plante sie bereits die nächsten Morde? Oder saß sie einfach nur dumm rum? Während ich darüber nachdachte, fiel mein Blick auf eine Gruppe von älteren Männern. Was sie taten, war nicht dazu angetan, mein Bild von Frankreich zu verbessern. Im Gegenteil! Jede Nation hat eine eigene Sportart erfunden. Amerika den Baseball, Deutschland den Fußball, Griechenland den Marathonlauf, Japan das Sumo-Ringen, Spanien den Stierkampf usw. usw. England hat sogar gleich mehrere erfunden: Rugby, Kricket und Polo, um nur die wichtigsten zu nennen. Doch was tut Frankreich? Es erfindet einen Sport, der wohl das Faulste ist, was in der Geschichte der Welt je mit einem Ball gemacht wurde. Dieser Sport – und ich will an dieser Stelle ausdrücklich betonen und an Eidesstatt versichern, dass ich mir das nicht etwa ausgedacht, sondern es mit meinen eigenen Augen und im Zustand gnadenloser Nüchternheit gesehen habe – geht so: Ein Mann wirft einen etwa golfballgroßen Gummiball. Aber nicht etwa, soweit er kann oder auf ein schwer zu treffendes Ziel, sondern lediglich mit einer lässigen Bewegung aus dem Handgelenk ein paar Yards weit in den Sand. Wohin genau, ist völlig egal. Dann versuchen er und die anderen Männer, eine etwa tennisballgroße Eisenkugel so dicht wie möglich an den Gummiball heranzuwerfen. Es ist nun aber nicht so, dass sie um diese Eisenkugel kämpfen müssten, jeder hat eine eigene. Es besteht auch dabei für niemanden der geringste Anlass zur Eile. Alles geht in größter Gemächlichkeit zu und man raucht dabei. Der ganze »Sport« besteht darin, alle paar Minuten einmal das Handgelenk zu bewegen. Eine Fliege zu verscheuchen, ist anstrengender. Dies alles hindert den Franzosen jedoch nicht, dieser Tätigkeit mit allergrößtem Ernst nachzugehen, ganz so, als handelte es sich um einen richtigen Sport. Das Spiel heißt, wie ich inzwischen weiß, »Boule«, was einfach das französische Wort für »Ball« ist. Selbst bei der Benennung des Spiels hat man es abgelehnt, auch nur ein Mindestmaß an Mühe aufzuwenden. Nun wundert mich nichts mehr. Wenn dies die Art ist, wie Franzosen Sport treiben, versteht es sich von selbst, dass sie bei allem anderen noch weniger

Energie aufbringen, und das erklärt vollständig, warum Frankreich so ist, wie es ist.

Eine ganze Weile lang sah ich diesem unendlich traurigen Tun zu, dabei musste ich an den berühmten Roman von Marcel Proust denken. »Auf der Suche nach der verlorenen Zeit«, den ich auch einmal angefangen hatte zu lesen, nachdem er mir von einer sehr schönen Dame empfohlen worden war. Doch alsbald hatte ich erkannt, dass es sich nicht lohnte. Proust wendete tatsächlich sieben lange Bände für die Suche nach der verlorenen Zeit auf, ohne sie zu finden, weil er den Wald vor lauter Bäumen nicht sah: Die Zeit war verloren, weil er sich in Frankreich aufhielt – was er natürlich als Franzose nicht erkennen konnte – und nun war mir auch klar geworden, *wo* ein sehr großer Teil dieser Zeit verloren gegangen war: beim Boule.

Das Nachsinnen über verlorene Zeit ließ mich einen Blick auf meine Uhr werfen und ich stellte fest, dass Grover inzwischen fast eine Stunde Zeit gehabt hatte, also begab ich mich auf den Rückweg zum Hotel. Da ich während der Betrachtung der Boulespieler die letzte meiner türkischen Zigaretten aufgebraucht hatte – ich hatte reichlich davon auf meine Reise mitgenommen, aber nicht damit gerechnet, so lange hierbleiben zu müssen – beschloss ich, mich umgehend neu zu bevorraten. Wie alles, was mit Freizeit zu tun hat, nehmen die Franzosen auch das Rauchen sehr ernst, darum heißt der Ort, in dem man Rauchwaren erwirbt, hier auch nicht Tabakgeschäft, sondern Bureau de Tabac. Tabakbüro. Ein solches betrat ich. Natürlich hatte ich nicht zu hoffen gewagt, hier meine gewohnte Marke zu finden, sie ist eine Spezialmischung, welche die Firma Morland & Co in der Grosvenorstreet, London, für mich herstellt und ich hätte daher auch schon mit einer für die Allgemeinheit hergestellten türkischen Zigarette vorliebgenommen, doch zu meinem nicht geringen Missfallen führte dieser Laden außer Tabak und Zigarren lediglich französische Zigaretten. Ich erstand fürs erste zehn Packungen der Marke Gauloises und – da inzwischen auch das Benzin in meinem Feuerzeug zur Neige ging – einige Schachteln Streichhölzer. Kaum hatte ich das Tabakbüro verlassen, steckte ich mir eine Zigarette an. Sie war grauenvoll und so kratzig im Hals, dass ich husten musste und mir die Tränen in die Augen stiegen. Eindeutig das schlimmste Kraut, das ich je geraucht hatte. Dies waren keine guten Aussichten, das Rauchen würde in den nächsten Tagen wahrlich kein Vergnügen sein. Ich konnte nur hoffen, dass ich mich einigermaßen daran gewöhnen würde. Einen weiteren Zug nehmend, setzte ich meinen Weg zum Hotel hustend fort. Als ich die Lobby betrat, erblickte ich den Chief-Inspector in der Sitzecke in einem Ledersessel sitzend. Ich nahm ihm gegenüber Platz. »Nun?«

Er schüttelte den Kopf und lehnte sich zu mir hinüber. »Nichts«, verkündete er mit gesenkter Stimme.

»Ich habe Miss Nesbitts Zimmer gründlich durchsucht. Major Bishops Revolver habe ich nicht entdecken können. Ehrlich gesagt, hätte es mich auch gewundert. Der Webley Mark VI verwendet bekanntlich eine sehr schwere Munition und hat infolgedessen einen besonders starken Rückstoß. Selbst die Soldaten des Weltkriegs kamen damit nicht zurecht, wenn sie nicht eine entsprechende Zusatzausbildung hatten. Für Frauen ist diese Waffe gänzlich ungeeignet.«

»Mag sein. Aber Sheila Nesbitt ist sicher keine Waffenexpertin. Sie hätte den Revolver trotzdem nehmen können.«

»Falls ja, ist er jedenfalls nicht in ihrem Zimmer. Und auch kein Gift oder sonst irgendetwas Verdächtiges. Das Einzige, was unter Umständen von Interesse sein könnte, ist *das.*«

Er reichte mir ein verknittertes kleines Blatt Papier.

»Das habe ich aus dem Papierkorb in ihrem Zimmer gefischt. Es ist wahrscheinlich nichts, ich hab es auch nur mitgenommen, weil ich nicht verstehe, was dort steht.«

Ich betrachtete das Blatt, das offensichtlich von Sheila Nesbitt zusammengeknüllt und von Grover so gut es ging wieder geglättet worden war. Es war eine Rechnung einer Firma namens Dupont.

Ich las vor, was dort handschriftlich geschrieben stand: »*Suprimer une Gravure d'un Anneau.*«

»Und was heißt das?«

»Löschung eines schweren Jahrbuchs«, übersetzte ich.

Grover wirkte unzufrieden. »Das ergibt keinen Sinn.«

Ich musste zugeben, dass er recht hatte. Ich überlegte.

»Warten Sie. Wenn ich mich richtig erinnere, hieß das Geschäft, bis zu dem ich Miss Nesbitt eben gefolgt bin, ebenfalls Dupont. Es handelte sich um einen Juwelier. Vielleicht hilft uns das ja weiter.« Ich studierte den Text erneut, dann ging mir ein Licht auf. »Nein. Es heißt nicht Löschung eines schweren Jahrbuchs, sondern Entfernung einer Gravur von einem Ring. Natürlich! *Deshalb* war Miss Nesbitt dort. Um den Ring abzuholen. Ich hatte mich schon gewundert, dass sie offensichtlich nichts gekauft hatte.«

Grover zog seine Pfeife hervor und begann, sie nachdenklich zu stopfen. »Soso. Miss Nesbitt hat also eine Gravur von einem Ring entfernen lassen. Überaus interessant.«

»Ach ja?«

»Warum macht man so etwas, während man im Urlaub ist?«

»Weil sie es ohnehin vorhatte und nun während des von Cabillaud erzwungenen Aufenthalts viel Zeit hat?«

»Theoretisch denkbar, aber bis zum Beweis des Gegenteils gehen wir bei Scotland Yard davon aus, dass jede ungewöhnliche Verhaltensweise einer verdächtigen Person etwas mit dem Fall zu tun hat. Also: Warum bringt sie ihren Ring hier zum Juwelier? Weil es offenbar dringend ist. Und warum könnte es dringend sein?«

»Weil dieser Ring etwas mit dem Mord an Sir Horace zu tun hat.«

»Richtig. Und da der Ring zu wertvoll ist, um ihn wegzuwerfen, lässt Miss Nesbitt die Gravur entfernen und zwar, bevor sie in der alphabetisch sortierten Vernehmungsreihenfolge von Capitaine Cabillaud dran ist.«

»Ich wusste es: Miss Nesbitt ist die Mörderin.«

»Nicht unbedingt. Vielleicht schützt sie auch jemanden.«

»Wen? Ihre Tante, Lady Avondale?«

»Durchaus denkbar.«

»Aber was könnte das für eine Gravur gewesen sein, die einen so eindeutigen Hinweis darstellt, dass er unbedingt vernichtet werden muss?«

»Ringe mit Gravuren, von Eheringen mal abgesehen, sind in aller Regel Geschenke. Meistens von Männern an Frauen, die sie lieben. Und die Gravur dürfte verraten, von wem Sheila Nesbitt diesen Ring erhalten hat.«

»Vom Mörder.«

»Wahrscheinlich. Und da sie befürchten muss, dass er in Kürze verhaftet wird, setzt sie nun natürlich alles daran, jede nachweisbare Verbindung zu ihm zu kappen.«

»Das würde Lady Avondale entlasten. Selbst wenn der Ring ein Geschenk von ihr wäre und die Gravur es beweisen würde, wäre es kein Problem. Dass eine Tante einer Nichte einen Ring schenkt, ist völlig harmlos. Bleiben also die anderen drei. Die Männer. Sie muss mit einem von ihnen eine geheime Liaison unterhalten haben. Ich denke, Nigel Unsworth, der Prokurist, kommt dafür nicht in Frage …«

»Weshalb?«

»Sheila Nesbitt ist eine Lady von Geschmack und Mr. Unsworth ist nicht gerade attraktiv. Außerdem halte ich es für wahrscheinlich, dass sie ihn bislang gar nicht kannte. Clifford Marsh ist zwar wesentlich älter als sie, und auch älter als Unsworth, aber finanziell gesehen eine sehr gute Partie. Aber auch hier wäre allerdings die Frage, ob sie sich vor der Cocktailparty überhaupt kannten.«

Grover nickte nachdenklich. »Möglich wär's.«

»Und dann ist da noch der Major. Er hat Sir Horace ständig besucht. So hat sie ihn wahrscheinlich kennengelernt.«

»Denkbar.«

»Alles spricht dafür. Denken Sie an den Parfumduft im Zimmer des Majors. Der Duft war nicht dort, weil Sheila Nesbitt den Revolver gestohlen hätte, sondern weil die beiden ein Liebespaar sind.«

»Und wer hat dann den Revolver gestohlen?«

»Niemand. Der Major hat uns das nur erzählt, damit wir nach einem geheimnisvollen Unbekannten suchen, den es in Wahrheit gar nicht gibt. Natürlich, um von sich abzulenken. Wahrscheinlich hat er ihn irgendwo versteckt.«

»Gut, aber der Major war mit Sir Horace eng befreundet. Warum sollte er ihn ermorden?«, wandte der Chief-Inspector ein.

»Vielleicht war die Freundschaft von seiner Seite gar nicht so eng und er war in Wirklichkeit von Neid zerfressen. Sein früherer Militärkamerad hatte es zum Millionär gebracht, während er nur ein Major mit entsprechend kümmerlicher Besoldung war. Folglich macht er sich an die Nichte seines Freundes ran, ermordet ihn, weil er davon ausgeht, dass Sheila im Testament großzügig bedacht wird. Es würde mich keineswegs wundern, wenn die beiden vorhaben, zu heiraten, sobald genug Zeit vergangen ist und der Tod von Sir Horace unaufgeklärt zu den Akten gelegt wird. Übrigens hatte ich schon erwähnt, dass ich den Major vorhin in der Stadt gesehen habe? Ganz in der Nähe des Juweliergeschäftes. Er verschwand in einem Hotel.«

»Merkwürdig. Wie passt das in die Mordtheorie?«

Während ich mir eine Gauloises anzündete, überlegte ich. »Nun, ich hatte den Eindruck, dass er mich nicht gesehen hat, aber…« Ich nahm einen tiefen Zug und fuhr hustend fort: »Vielleicht habe ich mich da getäuscht: Der Major hat mich *sehr wohl* gesehen, hat aber nicht erkannt, dass ich ihn zuvor bereits entdeckt hatte. Da er vorhatte, Sheila Nesbitt beim Juweliergeschäft zu treffen, aber unbedingt vermeiden wollte, dass ich die beiden zusammen sehe, verschwand er bei meinem Anblick schnell im erstbesten Hauseingang und das war zufällig dieses Hotel.«

Grover zückte seinen Block. »Oder er traf dort jemanden.«

»Unwahrscheinlich. Man kann davon ausgehen, dass der Major hier niemanden kennt. Die Idee, seine Party in Deauville zu feiern, ist von Sir Horace gekommen.«

»Das wissen wir doch gar nicht. Vielleicht hat der Major ihm diesen Floh ins Ohr gesetzt. Weil er hier einen heimlichen Komplizen hat. Oder weil er Sir Horace nicht in England ermorden wollte. Vielleicht ging er davon aus, dass sich die französische Polizei weniger dafür interessieren würde, wenn ein Engländer ermordet wird.«

»Falls die französische Polizei überhaupt erkennt, dass es sich um einen Mord handelt.«

»Wie auch immer, Danby. Wir müssen der Sache auf jeden Fall nachgehen. Wo ist das Hotel?«

»In der Rue Gontaut Biron. Die Auberge Rimbaud.«

Fünfzehn Minuten später betraten wir das Hotel. Mein erster Eindruck bestätigte sich. Es konnte sich auch von innen in keiner Weise mit dem Normandy Barrière messen und wirkte fast ein wenig schäbig. (Allerdings längst nicht so schäbig wie das Etablissement, in dem Chief-Inspector Grover logierte.) Die Rezeption war nicht besetzt. Erfreulicherweise lag das Gästebuch offen auf dem Tresen. Wir traten näher und studierten die Eintragungen von heute und sicherheitshalber auch die der vergangenen Tage. Wir fanden einige englische Namen, aber keinen Terry Bishop.

Grover klappte das Gästebuch zu. »Entweder hat der Major hier jemanden besucht oder er hat sich unter falschem Namen eingetragen.«

»Oder er wollte mir wirklich nur aus dem Weg gehen, um nicht zusammen mit Sheila Nesbitt gesehen zu werden.«

»Oder eine Mischung aus allem. Dieses Hotel ist sein geheimes Liebesnest für seine Treffen mit ihr.«

»Ich dachte, es ist verboten, dass unverheiratete Männer und Frauen zusammen ein Hotelzimmer bewohnen.«

»Ist es auch, aber die Franzosen drücken bei l'amour traditionell ein Auge zu. Mal sehen, was uns der Rezeptionist dazu sagen kann.« Grover betätigte die Klingel auf dem Tresen, aber wiewohl wir über fünf Minuten warteten und abwechselnd und mit sich zunehmend steigernder Wucht auf die Klingel eindroschen, ließ sich niemand blicken. Wahrscheinlich war der Concierge gerade beim Boulespielen oder Froschschenkelessen oder was Franzosen sonst so tun, statt zu arbeiten. Unverrichteter Dinge zogen wir wieder ab und schlenderten zum Normandy Barrière zurück. Da es so kürzer war, betraten wir die Lobby durch den Seiteneingang, das heißt, wir hatten eben vor, dies zu tun, als ich in einem Blumenbeet neben dem Eingang auf ein Glitzern aufmerksam wurde. Neugierig – wir Danbys sind berühmt für unsere Neugier – trat ich näher und sah genauer hin. In dem Beet lagen wild verstreut zahllose Salzstreuer und sie waren alle leer.

Kapitel 19

Das Abendessen nahmen wir erneut im Hotel ein. Ich weiß nicht, woran es lag, aber zum ersten Mal schmeckte es mir ziemlich gut und zum Nachtisch verspeiste ich ein Heidelbeersoufflé, das so deliziös war, dass ich sogar schon in Erwägung zog, meine Haltung zum Franzosenproblem teilweise zu revidieren. *Eine Nation, die so etwas wie dieses Heidelbeersoufflé hervorbringt, kann nicht durch und durch schlecht sein*, dachte ich bei mir.

Da Grover und ich nicht mit Sicherheit wussten, ob der Revolver des Majors tatsächlich gestohlen war oder ob er dies nur behauptete, um von seiner Spur abzulenken, beschlossen wir, kein Risiko einzugehen und die anderen zu warnen. Es war keineswegs auszuschließen, dass die Waffe zu einem weiteren Mord verwendet werden sollte. Auch Sheila Nesbitt würden wir davon in Kenntnis setzen und zwar aus taktischen Gründen. Selbst wenn sie wirklich mit dem Major (in mehr als einer Hinsicht) unter einer Decke steckte, wären wir nicht gut beraten gewesen, ihr einen Hinweis auf unseren Verdacht zu geben, indem wir sie als einzige nicht offiziell informierten. Wir blickten uns im Speisesaal um und entdeckten Sheila Nesbitt zusammen mit ihrer Tante, Lady Avondale, speisen und an einem etwas weiter entfernten Tisch Avondales Kompagnon Clifford Marsh gemeinsam mit Nigel Unsworth. Zuerst traten wir an den Tisch der beiden Damen. Während Grover von dem gestohlenen Revolver berichtete, beobachtete ich scharf die Reaktionen der beiden. Lady Avondale schien äußerst beunruhigt zu sein, während ich Sheila Nesbitts Miene nicht so recht zu deuten wusste. Sie nickte ernst, sagte aber nichts. Grover empfahl ihnen, wachsam zu sein und ihre Zimmertür sowie auch ihre Balkontür stets verschlossen zu halten. Beide Damen gelobten es. Dann begaben uns wir uns an den Tisch von Marsh und Unsworth und Grover sagte erneut seinen Spruch von dem gestohlenen Revolver auf. Beide wirkten ehrlich erschrocken, besonders Nigel Unsworth. Dann richtete Clifford Marsh das Wort an uns: »Da ist noch etwas, das Sie vielleicht erfahren sollten. Ich hab dem erst keine große Bedeutung beigemessen und es für einen Fehler des Zimmermädchens gehalten – auch wenn ich mir nicht erklären kann, wie dieser zustande gekommen sein könnte – aber nun, im Zusammenhang mit dem gestohlenen Revolver erscheint es doch in einem anderen Licht und daher …«

»Was ist denn passiert?«, unterbrach ich den Umstandskrämer.

»Als ich heute vom Mittagessen zurückkam, war mein Zimmer voller Salz.«

Unsworth fuhr zusammen, als ob er einen Geist gesehen hätte. »Wie bitte? Bei mir auch! Vor dem Mittagessen war noch alles sauber und danach war der ganze Fußboden voll damit.«

Grover und ich sahen uns perplex an.

»Wie gesagt, vielleicht gibt es eine ganz natürliche Erklärung dafür«, sagte Marsh in einem Ton, als wolle er sich entschuldigen. »Beide Zimmer liegen nebeneinander im ersten Stock. Ich lasse oft die Terrassentür offen – Sie vielleicht ja auch, Unsworth – und möglicherweise sind das Ablagerungen von der Seeluft, ich kenne mich in diesen Dingen nicht besonders gut aus, aber …«

»Es sind keineswegs Ablagerungen«, klärte ich ihn auf. »Heute Vormittag wurden hier im Hotel alle Salzstreuer gestohlen.« Ich wies auf den Pfefferstreuer, der einsam auf dem Tisch stand. »Wir haben sie vorhin in einem Blumenbeet entdeckt. Leer. Jemand wollte dieses Salz haben.«

»Um es dann in unseren Zimmern zu verstreuen?« Unsworths Stimme hatte einen leicht hysterischen Klang angenommen. »Wozu?«

Grover verzog unbehaglich das Gesicht. »Genau das ist die Frage.«

Kapitel 20

Ein lauter Knall riss mich aus dem Schlaf. Grover und ich hatten noch lange im Speisesaal gesessen und über das erst gestohlene und dann verstreute Salz gesprochen. Wir hatten dabei die verrücktesten Theorien entwickelt, doch am Ende waren wir so klug wie zuvor, es war deprimierend. Schließlich war Grover in seine Absteige zurückgekehrt, während ich so leise wie möglich an Tallulah Quayles Zimmer vorbeigeschlichen war, da ich ein weiteres Zusammentreffen mit der verrückten Dame möglichst vermeiden wollte. Bald darauf lag ich in tiefem Schlummer und hatte einen herrlichen Traum, in dem ich Julius C. Hartford III. als den wahren Mörder entlarvte. Ich war gerade dabei, überaus zufrieden die hochverdiente Wettsumme von zehntausend Pfund einzustreichen, als mich besagter Knall hochschrecken ließ. Ich wusste sofort, dass es sich um einen Schuss gehandelt hatte. Dann hörte ich aufgeregte Stimmen auf dem Gang. Ich stand auf, streifte meinen seidenen Morgenmantel über und verließ das

Zimmer. Eine Menschentraube hatte sich vor einer Zimmertür versammelt und redete wild durcheinander. Erst jetzt wurde mir bewusst, dass unsere Verdächtigen offenbar alle in derselben Etage wie ich logierten, denn ich erblickte unter den Anwesenden nicht nur den Major und Nigel Unsworth, sondern auch Lady Avondale und Sheila Nesbitt. Alle in ihren Nachtgewändern. Nur Clifford Marsh fehlte. Auch ein Herr, den ich seinem Auftreten nach für den Hoteldirektor hielt, hatte sich zusammen mit dem Nachtportier eingefunden und war in diesem Moment im Begriff, das besagte Zimmer mit seinem Generalschlüssel zu öffnen. Ich trat näher. Offenbar war die Tür von innen blockiert, denn wiewohl der Direktor den Schlüssel wieder und wieder im Schloss hin und her drehte, ließ sie sich nicht öffnen. Schließlich warf sich der Nachtportier zunächst allein und als dies nichts nützte, gemeinsam mit Major Bishop gegen die Tür. Die beiden mussten mehrere Versuche unternehmen, bis sie endlich nachgab. Zögerlich betraten einige von uns – auch ich – das Zimmer. Zuerst hörte ich Sheila Nesbitt aufschreien, dann erblickte ich Clifford Marsh. Er lag in seinem Bett und blickte teilnahmslos zur Zimmerdecke. In seinem Kopf befand sich ein Loch. Er war tot.

Kapitel 21

Es war eindeutig: Clifford Marsh war erschossen worden. Für einige Momente standen wir alle sprachlos da. Die einen starrten auf die Leiche, andere registrierten, dass über große Teile des Fußbodens Salz verteilt war, während der Hoteldirektor die Hände rang und ein ums andere Mal geradezu beschwörend »C'est impossible« flüsterte. Dann stand plötzlich der Major neben mir. Als jemand, der sich mit Befehls-Hierarchien gut auskannte, hatte er offenbar messerscharf erkannt, dass in Abwesenheit von Capitaine Cabillaud und Chief-Inspector Grover ich der ranghöchste (beziehungsweise der einzige) Vertreter der Gerechtigkeit im Raum war. »Fällt Ihnen nichts auf?«, raunte er mir diskret zu.

»Sprechen Sie von dem Salz?«

»Das ist in der Tat auch merkwürdig, aber ich meine etwas anderes: Die Tür war von innen verschlossen und unter die Türklinke war eine Stuhllehne geklemmt.« Er wies auf den Stuhl, der hinter der Tür auf dem Boden lag. »Die Tür zum Balkon ist verschlossen, weitere Türen gibt es nicht. Eine Schusswaffe ist nirgendwo zu sehen, also kann Marsh sich nicht selbst erschossen haben. All das lässt nur einen Schluss zu.«

Mit Schaudern sprach ich es aus: »Der Mörder ist noch im Raum.« Ich räusperte mich, denn in Sekundenschnelle hatte ich sowohl mich wieder als auch einen Plan gefasst: Nun galt es, mit allen Anwesenden schnellstmöglich das Zimmer zu verlassen, die Tür von außen zu verrammeln und die (richtige) Polizei zu rufen. Der Major schien dies anders zu sehen: Mit drei schnellen Schritten war er am Fenster und riss die bodenlangen Vorhänge zur Seite. Dann bückte er sich und sah unter das Bett. Schließlich näherte er sich langsam dem letzten möglichen Versteck im Zimmer: dem Kleiderschrank. Mit einem Ruck riss er die Türen auf. Abgesehen von einigen Anzügen war der Schrank leer. Der Mörder befand sich ganz offensichtlich doch nicht im Zimmer. Ich erschauderte erneut. Die Tatsache, dass der Mörder verschwunden war, gepaart mit dem Umstand, dass das Zimmer von innen verschlossen worden war, ließ nur einen logischen Schluss zu: Clifford Marsh war von einem Geist ermordet worden.

Kapitel 22

Bald darauf war Capitaine Cabillaud mit zwei Gendarmen erschienen, hatte uns alle aus Clifford Marshs Zimmer gescheucht und mit der Untersuchung desselben begonnen. Auch die Anwesenden wurden befragt. Aber abgesehen davon, dass alle übereinstimmend aussagten, einen Schuss gehört zu haben, wusste keiner etwas Sinnvolles beizutragen. Niemand hatte etwas gesehen oder gehört. Nigel Unsworth erklärte dem Capitaine, dass auch *sein* Zimmer voller Salz sei, und drängte ihn, dieses ebenfalls zu besichtigen, doch Cabillaud zuckte nur mit den Achseln und schien dem Ganzen keinerlei Bedeutung beizumessen. Ein fataler Fehler, wie ich fand, denn es lag auf der Hand, dass die seltsame Anwesenheit des Salzes der Schlüssel zu diesem Rätsel war. Ich überlegte, ob ich im Hotel Napoleon anrufen und den Concierge auffordern sollte, Chief-Inspector Grover zu wecken, unterließ es dann jedoch. Vor dem Zimmer von Marsh stand nun ein Gendarm und der ließ keine Unbefugten den Tatort betreten. Es gab also nichts, was Grover hätte tun können. Wenn ich ihn am nächsten Morgen informierte, würde es noch früh genug sein. Ich ging auf mein Zimmer, betrat den Balkon und setzte mich in einen Korbstuhl. Dann zündete ich mir eine Gauloises an, blickte rauchend in die schwarze Nacht, lauschte dem Meeresrauschen und dachte nach. Das Letzte, was ich noch mitbekommen hatte, war der Abtransport von Clifford Marshs Leiche. Nun waren also beide Besitzer der Firma Avondale & Marsh tot. Das sprach zumindest dagegen, dass der Mord an Sir Horace etwas Persönliches gewesen war. Diese Verdachtsrichtung konnte man also bis auf Weiteres vernachlässigen. Das war immerhin etwas. Andererseits sprach es gegen meine Theorie, dass Sheila Nesbitt mit Hilfe von Major Bishop Sir Horace vergiftet hatte, um viel Geld zu erben. Der Tod von Marsh wäre von keinerlei Vorteil für sie und dieser weitere Mord erhöhte nur das Risiko, entdeckt zu werden. Warum also?

Mit einem Mal wurde mir etwas schwummerig im Kopf und eine nie gekannte Übelkeit stieg in mir auf. Für einige Augenblicke fürchtete ich schon, ebenfalls vergiftet worden zu sein. Dann wurde mir klar, woran es lag. Die Gauloiseszigaretten verwendeten ein spezielles Papier, das ich noch an keiner anderen Zigarette je gesehen hatte. (Inzwischen habe ich erfahren, dass es sich um Maispapier handelt.) Dieses Papier brannte nicht besonders gut, oder genauer gesagt besonders schlecht, was zur Folge hatte, dass die Zigarette fast augenblicklich ausging, wenn man nicht an ihr zog. Wahrscheinlich eine technische Notwendigkeit, um den chronisch trägen Franzosen stets ans Weiterrauchen zu erinnern, wenn er sich erst einmal eine Zigarette angezündet hatte. Allerdings hatte es auch zur Folge, dass ich an diesem Höllenkraut etwa zwanzig Mal so oft zog wie an meinen gewohnten türkischen Zigaretten. Dies, gepaart mit der ebenfalls durch das Maispapier verstärkten enormen Kratzigkeit des Rauches, war nicht ohne Folgen geblieben und forderte nun seinen Tribut. Dennoch war ich erleichtert, als mir dieser Zusammenhang bewusst wurde. Ich war nicht vergiftet, ich hatte lediglich die zwanzigfache Nikotinmenge genossen.

Irgendwann musste ich eingenickt sein. Zwei Stunden später weckte mich die kalte Nachtluft und ich ging erneut zu Bett. Den Rest der Nacht hörte ich in einiger Entfernung ein beständiges leises Klopfen, doch als ich am nächsten Morgen erwachte, war ich nicht sicher, ob es wirklich dagewesen war oder ob ich es nur geträumt hatte.

Während ich mich rasierte, durchfuhr mich plötzlich eine unheimliche Erkenntnis; das Salz in Marshs Zimmer. Aus einiger Entfernung konnte man es durchaus für Schnee halten. Tallulah Quayles Prophezeiung hatte sich bewahrheitet.

Kapitel 23

Als ich mein Zimmer verließ und den Flur entlang ging, registrierte ich, dass der Gendarm vor Marshs Zimmer verschwunden und die Tür versiegelt worden war.

Während des Frühstücks berichtete ich Chief-Inspector Grover, was sich in der Nacht zugetragen hatte. Er nahm es mit einiger Bestürzung zur Kenntnis und fragte immer wieder nach diesem oder jenem Detail. Insbesondere, dass Zimmer- und Balkontür von innen verschlossen waren und sich der Täter buchstäblich in Luft aufgelöst zu haben schien, wollte ihm einfach nicht in den Kopf.

Plötzlich trat Nigel Unsworth an unseren Tisch. Er war blass und wirkte überaus nervös. »Meine Herren, es gibt etwas, das Sie sehen müssen. Jetzt gleich. Bitte kommen Sie mit.«

Wir kamen seiner Aufforderung nach und folgten ihm. Stumm führte er uns die Treppe hinauf und zu seinem Zimmer. Mit fahrigen Händen schloss er die

Tür auf und ließ uns eintreten. Der Anblick, der sich uns bot, war schockierend. Das Zimmer war komplett auf den Kopf gestellt worden. Schrank und Schubladen hatte man durchwühlt, alles lag wild verstreut auf dem Fußboden, das Bettzeug und die Matratze schienen von einem Tobsüchtigen aufgeschlitzt worden zu sein, die Vorhänge an der offenen Balkontür flatterten im Wind und in der Wand, die Unsworths und Marshs Zimmer trennte, klaffte ein riesiges Loch.

Kapitel 24

Nigel Unsworth sank auf einen Stuhl, sein Gesichtsausdruck ließ befürchten, dass er jeden Moment in Tränen ausbrechen würde.

»Haben Sie eine Vorstellung, wer das getan haben könnte?«, fragte Grover.

Unsworth schüttelte nur stumm den Kopf.

»Hatten Sie Ihr Zimmer abgeschlossen?«

»Natürlich!« Es lag fast so etwas wie Empörung in Unsworths Stimme.

Grover dachte einen Moment nach. »Darum ist er *dort* reingekommen.« Er wies auf das Loch in der Wand. »Da ist er durchgestiegen.«

»Da bin ich nicht so sicher«, meldete ich mich zu Wort. »Clifford Marshs Zimmer ist von den Gendarmen gründlich durchsucht worden. Nach menschlichem Ermessen kann sich niemand darin versteckt haben.« Ich wies auf die offene Balkontür. »Ist es nicht viel wahrscheinlicher, dass er dort hereingekommen ist? Im Grunde ist es nur ein einziger langer Balkon, der die ganze Fassade entlangläuft, er musste nur über die hüfthohen Balustraden steigen, welche die einzelnen Abschnitte begrenzen, dann hat er dieses Zimmer durchsucht und anschließend ein Loch in die Wand geschlagen, um in Marshs Zimmer zu kommen.«

Grover verzog skeptisch den Mund. »Um dort *was* zu tun?«

»Es ebenfalls durchsuchen?«

Grover trat an das Loch und blickte in Marshs Zimmer. »Es *ist* aber nicht durchsucht worden.«

Unsworth hob den Kopf. »Vielleicht wollte er gerade einsteigen, als er mich an der Tür hörte, und floh schnell über meinen Balkon.«

»Gut möglich«, sagte ich nachdenklich. »Doch warum schlägt der Mann ein riesiges Loch in die Wand? Das dauert eine Weile und macht Lärm. Wenn er in Marshs Zimmer wollte, warum kam er nicht ebenfalls über den Balkon?«

Grover trat auf den Balkon und wandte sich nach links. Dann kam er zurück. »War Ihre Balkontür offen?«, fragte er Unsworth.

Dieser nickte beschämt. »Ich fürchte, ja. Ich weiß, ich hätte sie natürlich schließen sollen, aber …« Er machte eine hilflose Handbewegung.

»Die Balkontür von Marshs Zimmer ist verschlossen«, stellte Grover fest. »Sie von außen aufzubrechen, erfordert Zeit und macht Lärm. Dabei wäre der Mann für alle Welt sichtbar gewesen. Er zog den Weg durch die Wand vor. Aufwendiger, aber geschützt vor neugierigen Blicken. Haben Sie eine Ahnung, wonach die Person hier gesucht haben könnte? Vielleicht Firmenunterlagen?«

»Wer weiß«, antwortete Unsworth mit schwacher Stimme. »Möglich. Aber falls ja, war es umsonst, ich führe gar keine mit mir. Warum auch? Ich ahnte ja nicht, dass ich so lange hierbleiben würde.«

Ich seufzte. Die ganze Sache wurde mit jedem Tag vertrackter. Für einen kurzen Augenblick hatte ich noch gedacht, dass durch den Tod von Marsh die Zahl der Verdächtigen um zwanzig Prozent gesunken sei, aber nicht einmal das war der Fall, denn der Umstand, dass Marsh ermordet worden war, ließ noch lange nicht darauf schließen, dass er zuvor nicht Sir Horace ermordet haben konnte. In diesem Fall gab es einen zweiten Mörder, was alles noch rätselhafter und undurchschaubarer machte.

Ich trat auf den Balkon und zündete mir eine Gauloises an. Diese Zigaretten waren immer noch entsetzlich, aber das viele Husten rüttelte das Gehirn gut durch, was dem Denkprozess förderlich zu sein schien.

Kapitel 25

Um unsere Gehirne noch weiter in Schwung zu bringen, machten Grover und ich uns zu einem Spaziergang auf. »Es muss alles etwas mit der Firma von Sir Horace und Clifford Marsh zu tun haben«, stellte Grover fest, während ihm dicke Wolken von Pfeifenqualm aus Mund, Nase und Ohren strömten. »Anders ergibt es einfach keinen Sinn.«

»Oder der Mörder will, dass wir genau das glauben«, gab ich zu bedenken. »Sollten wir uns nicht viel mehr auf das konzentrieren, was *wirklich* keinen Sinn zu ergeben scheint? Wie konnte der Mörder von Marsh aus einem von innen verschlossenen Zimmer entkommen? Es bietet sich natürlich das Loch in der Wand an. Aber dann wiederum stellen sich zwei neue Fragen: Wenn er aus Unsworths Zimmer über den Balkon entkam, warum floh er nicht viel einfacher über Marshs Balkon? Und selbst wenn er durch das Wandloch aus Marshs Zimmer kam, wie konnte er sich dort über etliche Stunden unentdeckt aufhalten, obwohl das Zimmer zuvor mehrfach gründlich durchsucht wurde?«

Grover stöhnte. »Es ist zum Wahnsinnigwerden.«

»Und warum lag in Unsworths und Marshs Zimmer Salz verstreut?«, fuhr ich unerbittlich fort. »Ich habe so eine Ahnung, dass dies der Schlüssel zu allem ist.«

»Vielleicht nur ein Ablenkungsmanöver, damit wir ewig darüber nachdenken, statt uns den offensichtlichen Spuren zuzuwenden.«

»Wohl kaum. Immerhin hat der Täter zuvor die Salzstreuer im Speisesaal gestohlen, damit ging er ein Risiko ein, denn er hätte dabei leicht entdeckt werden können. Es muss also für ihn wichtig gewesen sein.«

Wir diskutierten das Rätsel des Salzes noch einige Zeit, aber Grover war nicht in der Lage, eine auch nur ansatzweise logische Erklärung zu finden. Ich hingegen spürte, dass ich haarscharf davor war, dieses Geheimnis zu lüften und dass nur noch ein letzter winziger Schritt fehlte, doch das nützte mir auch nichts. Es verhielt sich wie beim Ertrinken. Es spielt, was das Überleben angeht, letztendlich keine Rolle, ob man, nachdem man beispielsweise von einem Luxusliner ins Wasser gestürzt ist, in zehn Yards Tiefe ertrinkt oder ob man wie ein Besessener nach oben schwimmt und einem zehn Inches unter der Wasseroberfläche die Luft ausgeht und man *dort* ertrinkt. Tot ist tot, obwohl die zweite Person sich praktisch schon zu neunundneunzig Prozent gerettet hatte. Das ist äußerst ungerecht, aber wohl leider nicht zu ändern. Ich zündete mir eine Gauloises an und bemerkte, wie ich der Lösung tatsächlich noch ein Stück näherkam, aber leider fehlte immer noch das allerletzte Bisschen.

Schließlich entdeckten wir aus purem Zufall Lady Avondale, die vor uns die Avenue entlangging, und so vertagten wir unsere Überlegungen einstweilen und folgten ihr stattdessen. Wenn man es im rechten Licht betrachtete, war sie ohnehin die Hauptverdächtige. Marsh war tot, Unsworth schien selbst ein Opfer zu sein, Sheila Nesbitt war viel zu jung und naiv, um genug Raffinesse für das Salzmanöver zu besitzen, und Terry Bishop war ein britischer Offizier, was im Grunde nahezu ausschloss, dass er an einem Verbrechen beteiligt war. Wie auch schon Sheila Nesbitt am Tag zuvor machte Lady Avondale keinen Spaziergang, sondern strebte offenbar einem bestimmten Ziel entgegen. Doch plötzlich schien sie sich über den Weg dorthin nicht mehr im Klaren zu sein, denn sie war an einer Kreuzung stehengeblieben und sah sich um. Grover und mir gelang es gerade noch rechtzeitig, uns hinter einem Automobil zu verbergen. Dann hatte sie sich offenbar orientiert. Sie bog nach links ab, aber jetzt hatte sie anscheinend ihre Pläne geändert. Auf einmal hatte sie viel Zeit. Sie schlenderte von Geschäft zu Geschäft und betrachtete die Auslagen in den Schaufenstern. Schließlich betrat sie ein Bistro. Das kam mir seltsam vor, schließlich war das Frühstück im Hotel gerade mal eine halbe Stunde her und Lady Avondales grazile Figur ließ darauf schließen, dass sie alles andere als ein Gourmand war. Wir beratschlagten, ob wir ihr ins Bistro folgen sollten, um zu sehen, ob sie dort jemanden traf, befanden es jedoch nicht für ratsam; die Gefahr, entdeckt zu werden, war zu groß. Also warteten wir und taten das einzig Sinnvolle, was wir tun konnten. Rauchen.

Nachdem wir etwa vierzig Minuten gewartet hatten, hörte ich hinter mir eine vertraute Stimme: »Wenn das nicht der gute alte Danby ist.«

Wir drehten uns um und erblickten Julius C. Hartford III. nebst seiner eulengesichtigen Gattin. Ich stellte Grover die beiden vor.

»Nun, wie läuft's, Danby? Ich hoffe doch, gut«, erkundigte er sich mit mokantem Grinsen nach dem Stand unserer Wette.

»Prächtig, einfach prächtig«, gab ich mit lässiger Nonchalance zurück. »Könnte nicht besser sein. Der Fall ist praktisch gelöst, es fehlen lediglich noch ein paar allerletzte kleine Details.« Das war natürlich leicht übertrieben, aber in diesem Moment schien es mir die korrekte Erwiderung, um den selbstgefälligen Überseeeinwohner in seine Schranken zu weisen.

Hartford grinste breit. »Großartig, freut mich zu hören. Dann auf bald, mein Lieber.« In bester Laune und offenbar kein Wort glaubend setzte er den Weg mit seiner Gattin fort. Während sie sich entfernten, hörten wir sie noch eine ganze Weile auf höchst vulgäre Weise lachen. Ich hingegen fand, dass wir nun genug Geduld bewiesen hatten. Wir standen hier nun bereits fast eine Stunde herum und in dieser Zeit hatte niemand das Bistro betreten oder verlassen. Es war an der Zeit, tätig zu werden und festzustellen, was die Dame dort drinnen trieb. Grover protestierte, jammerte etwas von Geduld und professioneller Polizeiarbeit, aber ich war nicht aufzuhalten. Fest entschlossen, ein für alle Mal aufzuklären, was hier vorging, betrat ich mit Grover im Schlepptau das Bistro.

Bis auf einen Kellner, der gelangweilt an einer Kuchenvitrine lehnte, und einigen Stubenfliegen, welche die Deckenlampe umkreisten, war das Lokal leer. Von Lady Avondale fehlte jede Spur. Nach ihrem Verbleib befragt, zuckte der Kellner nur träge mit den Schultern. Um ihn uns gewogener zu machen, steckte ich ihm ein wenig Trinkgeld zu und tatsächlich machte er daraufhin eine mürrische Kopfbewegung zu einer kleinen Tür im hinteren Teil des Bistros. Wir gingen durch sie hindurch und befanden uns nun in einer anderen Straße. Es war offensichtlich: Lady Avondale hatte uns abgehängt. Die Frage, die sich nun stellte, war weniger, ob sie uns bemerkt hatte oder ob es nur eine allgemeine Sicherheitsmaßnahme von ihr gewesen war, sondern vielmehr: Welches dunkle Geheimnis hatte sie zu verbergen?

Wir liefen auf der Suche nach ihr noch etwa zwanzig Minuten kreuz und quer durch die angrenzenden Straßen, dann gaben wir es auf und machten uns auf den Weg zum Hotel. Dort bot sich uns ein pittoreskes Bild. In dem Blumenbeet, in dem ich am Tag zuvor die dreißig leeren Salzstreuer entdeckt hatte, erblickten wir nun etwas noch weit Seltsameres, nämlich fünf Gendarmen, die mit gesenkten Köpfen und ernsten Mienen herumwanderten und dabei die Pfingstrosen zertrampelten. Dann sahen wir Major Bishop, der sich soeben von Capitaine Cabillaud verabschiedete und nun sichtlich angespannt auf uns zukam.

»Mein Revolver ist wieder aufgetaucht«, vertraute er uns mit leiser Stimme an. »Er lag in dem Rosenbeet.«

Grover und ich warfen uns einen Blick zu.

»Offenbar ist ein Schuss daraus abgefeuert worden«, fuhr der Major fort. »Capitaine Cabillaud geht davon aus, dass es der Schuss war, der Clifford Marsh getötet hat. Nun suchen die Gendarmen nach weiteren Spuren.« Er zog ein Taschentuch hervor, wischte sich die schweißnasse Stirn ab und wandte sich an Chief-Inspector Grover. »Glücklicherweise bin ich Ihrem Rat gefolgt und habe die gestohlene Waffe gestern noch Capitaine Cabillaud gemeldet. Nicht auszudenken, wenn ich das nicht getan hätte, wahrscheinlich hätte man mich umgehend verhaftet.«

»Anzunehmen«, brummte Grover. Er blickte zu den Gendarmen zwischen den Pfingstrosen hinüber. Inzwischen war auch Nigel Unsworth aufgetaucht, der das unverhoffte Erscheinen von Capitaine Cabillaud offenbar dazu benutzte, ihm aufgeregt gestikulierend von dem Einbruch in sein Zimmer zu erzählen.

»Ich frage mich, warum nun schon zum zweiten Mal Gegenstände, die im Zusammenhang mit den Morden stehen, in diesem Beet gefunden werden«, fuhr Grover fort. »Das kann doch unmöglich bloß Zufall sein.«

Ich deutete auf die Seitenfassade des Hotels. »Sehen Sie die Fenster dort übereinander? Sie befinden sich jeweils am Ende der Flure, an denen die Gästezimmer liegen. Wenn ein Hotelgast schnell etwas loswerden will, was ihn belasten könnte, bietet es sich an, das nicht vom eigenen Balkon aus zu tun, wo ihn jeder sehen kann, sondern aus einem dieser Fenster. Sie lassen sich keinem bestimmten Zimmer zuordnen und an dieser Seite des Hotels ist kaum Publikumsverkehr. Und dadurch, dass er die Gegenstände ins Beet wirft, wo sie nicht sofort gefunden werden, gewinnt er noch zusätzlich Zeit.«

Grover nickte. »So wird es wohl sein.«

»Zumindest steht damit nun fest, dass der Täter ein Hotelgast ist und nicht jemand von außerhalb.«

»Nicht unbedingt«, schaltete sich der Major ein. »Vielleicht wollte der Täter die Waffe nach der Tat nur schnell loswerden, damit man sie nicht bei ihm findet, falls man ihn beim Verlassen des Hotels durchsucht.«

»Was den Revolver betrifft, könnte es so gewesen sein«, gab ich zurück. »Aber denken Sie an die Salzfässer. Er hätte sie mitnehmen, das Salz irgendwo anders in Ruhe entnehmen und die Streuer wegwerfen können. Aber offensichtlich hat er sie bereits im Hotel geleert, zweifellos auf seinem Zimmer, und dann leer ins Beet geworfen. Nein, es besteht kein Zweifel: Der Mörder ist ein Hotelgast.«

Kapitel 26

Nun war er also da.

Der Tag!

D-Day, wie ich ihn für mich nannte.

Der Tag, dem ich mit einigem Schrecken entgegengesehen hatte. Der Tag, an dem Capitaine Cabillaud auf seiner Liste der zu verhörenden Gäste der Avondale-Party beim Buchstaben D angekommen sein würde.

D wie Danby.

Noch während ich mich am Tag zuvor mit Grover und Major Bishop unterhalten hatte, war ein Gendarm auf mich zugetreten und hatte mir mitgeteilt, dass ich mich »morgen« (also heute) um Punkt sieben Uhr in der Gendarmerie von Trouville-sur-Mer zum Verhör einzufinden hätte.

Es war kalt an diesem sechsten Juni. Da auf der Straße nach Trouville-sur-Mer zurzeit Bauarbeiten stattfanden, die einen erheblichen Umweg erforderlich machen würden, und da die Gendarmerie ganz in der

Nähe des Strandes lag, hatte der Concierge mir auf meine Nachfrage empfohlen, kein Taxi zu nehmen, sondern mich mit einem Motorboot dorthin bringen zu lassen. Dies sei die sehr viel schnellere Verbindung. Das mochte wohl wahr sein, aber es war deshalb noch lange nicht auch die bessere Verbindung. Der eiskalte, stürmische Wind, der für die Normandie so typisch ist, peitschte mir an Bord des Bootes die ganze Zeit erbarmungslos entgegen und als wir schließlich den Strand erreichten und ich von Bord ging, war ich nicht nur durchgefroren, sondern auch meines (nun schon zweiten) Hutes verlustig gegangen. Ich denke, dies, gepaart mit dem Umstand, dass ich zu einem Verhör erwartet wurde, berechtigt mich zu sagen, dass wohl selten zuvor (oder danach) jemand einen Strand der Normandie unter ungünstigeren Bedingungen betreten hat.

Doch anfangs schien die Welt noch halbwegs in Ordnung zu sein. Wie schon zuvor, gab sich Capitaine Cabillaud ausgesprochen charmant. Wer ihn gehört hätte, ohne die französische Sprache zu beherrschen, wäre unweigerlich zu dem Schluss gekommen, dass er voller Verzückung vom Duft eines edlen Parfums schwärmte, doch dies war mitnichten der Fall. Schon als er mich das erste Mal verhört hatte, war mir seine Vorgehensweise übertrieben, ja geradezu beleidigend gründlich erschienen, doch es war nichts gegen das, was mir Cabillaud nun auftischte. Zwei Stunden lang stellte er mir immer wieder dieselben Fragen zu den Ereignissen auf der Yacht, dies allerdings in hunderten von Variationen, die ganz eindeutig einzig und allein darauf abzielten, mich zu verwirren, so dass ich mich verplapperte. Diesen Gefallen konnte ich ihm allerdings nicht tun, da ich ja unschuldig war. Schließlich schien er aufzugeben, doch meine Erleichterung war verfrüht gewesen, offenbar war dieser erste Teil des Verhörs nur der Aperitif gewesen, denn nun kam er auf das Verschwinden und Wiederauftauchen von Major Bishops Revolver sowie auf den Mord an Clifford Marsh zu sprechen. Ehe ich's mich versah, fand ich mich einem Bombardement von Fragen ausgesetzt, deren Zweck es war, mich zumindest in dieser Angelegenheit als Täter zu entlarven.

Als er mir auch noch vorwarf, dass meine eigenen Ermittlungen nur ein Täuschungsmanöver seien, um von meiner Täterschaft abzulenken, zog ich ein Dokument aus meiner Brieftasche, das ich vorsorglich eingesteckt hatte. Wenn auch nicht, um meine Unschuld zu beweisen. Vielmehr war es nach wie vor meine Sorge, dass Capitaine Cabillaud den Fall vor mir lösen könnte und ich so meine Zehntausendpfundwette mit Julius C. Hartford verlieren würde. Um den Capitaine ein wenig in die Irre zu führen, hatte ich daher am Abend zuvor mit verstellter Handschrift und in Französisch eine Botschaft an mich selbst verfasst. Sie lautete wie folgt:

Lord Danby!
Stecken Sie Ihre Nase nicht länger in
Dinge, die Sie nichts angehen, sonst …!
Ein Freund

Auf diese Weise plante ich Capitaine Cabillaud auf die Suche nach einem geheimnisvollen Franzosen zu schicken, der gar nicht existierte, so dass er die Untersuchung der tatsächlich Verdächtigen (gegen die Chief-Inspector Grover und ich ermittelten) würde vernachlässigen müssen. Um noch glaubhafter zu machen, dass der Brief von einem Franzosen verfasst worden war, hatte ich ihn mehrere Minuten lang im Qualm einer Gauloises geräuchert und als pièce de résistance noch einige Rotwein- und Soßenflecke darauf platziert. Wer mich nun der Unlauterkeit zeihen möchte, der sei daran erinnert, dass es bei meiner Wette mit Hartford um nicht weniger als zehntausend Pfund ging und dass Wettschulden Ehrenschulden sind, weshalb man auch mit einigem Recht davon ausgehen darf, dass die zum Gewinnen einer Wette notwendigen Lügen Ehrenlügen sind.

»Das fand ich heute Morgen auf dem Boden meines Zimmers«, erklärte ich. »Jemand muss es in der Nacht unter der Tür hindurchgeschoben haben.« Ich reichte das Papier über den Tisch. Capitaine Cabillaud ließ sich Zeit und studierte den Brief so gründlich wie ein Weinkenner einen erlesenen Wein. Er las mehrfach den Text, befühlte und beschnupperte das Papier und die Tinte und es hätte mich in keiner Weise verwundert, wenn er mir am Schluss verkündet hatte, aus welcher Gegend der Baum stammte, aus dem das Papier hergestellt worden war, und überdies das Jahr, in dem dies geschehen war. Schließlich legte er den Brief – vorsichtig, als handele es sich um eine seltene Kostbarkeit – in eine elegante Ledermappe, die vor ihm auf dem Tisch lag, und sah mich mit undurchdringlichem Blick an.

»Bon, Lord Danby, das wäre dann alles, ich danke Ihnen für Ihre freundliche Kooperation.«

Ich atmete erleichtert auf. Cabillaud redete dann noch eine Menge französisches Zeug, aber ich hörte gar nicht mehr hin, entscheidend war für mich nur, dass ich wieder gehen durfte.

Es war kurz nach elf, als ich als freier Mann wieder auf die Straße trat. Da ich auf der Hinfahrt entdeckt hatte, dass Trouville-sur-Mer und Deauville viel weniger voneinander entfernt waren, als mich der Concierge hatte glauben lassen, nämlich nicht einmal zwei Meilen (es würde mich nicht wundern, wenn der Besitzer des Bootes ein Verwandter des Concierge wäre), beschloss ich, zu Fuß zum Hotel zurückzugehen und mir vorher ein wenig Trouville-sur-Mer anzusehen. Während ich gemächlich durch den Ort schlenderte, entdeckte ich eine Reihe hübscher Villen und ein Grand Hotel namens Roches Noires. Eine Gedenktafel informierte den interessierten Reisenden, dass kein Geringerer als der Dichter Marcel Proust im September 1893 hier abgestiegen war und dass in seinem Roman »Auf der Suche nach der verlorenen Zeit« Trouville-sur-Mer als Vorbild für den fiktiven Ort »Balbec« gedient hatte.

Außerdem stockte ich in einem Bureau de Tabac meine zur Neige gehenden Vorräte an Gauloises-Zigaretten auf. Da auch mein zweiter (und letzter Hut) dem normandie'schen Wind zum Opfer gefallen war, betrat ich als Nächstes ein Hutgeschäft. Zumindest bezeichnete es sich als ein solches, doch ich war keineswegs amüsiert, dass es dort nichts gab, was ein vernünftiger Mensch als Hut bezeichnet hätte. Das Geschäft führte nur drei Sorten von Kopfbedeckungen: breitkrempige Strohhüte für Damen, Schirmmützen, wie ich sie bei den lokalen Fischern schon des Öfteren gesehen hatte, und einen unförmigen Stofflappen, den der Besitzer des Geschäftes als Baskenmütze bezeichnete. Da ich weder eine Dame noch ein Fischer war und ich schließlich nicht barhäuptig wie ein Vagabund durch die Gegend laufen konnte, erstand ich eine solche »Baskenmütze« und verließ den Laden.

Erstaunlicherweise lachte mich auf der Straße niemand aus, wie ich schon befürchtet hatte, sondern alle taten so, als sei alles ganz normal.

Dann entdeckte ich eine Weinhandlung, in der ich längere Zeit verbrachte. Ich weiß nicht, ob es an meiner neuen Mütze lag, aber der Besitzer behandelte mich nicht mit der typischen französischen Muffeligkeit, sondern außergewöhnlich freundlich, möglicherweise hielt er mich für einen Landsmann oder zumindest für einen Basken. Ich wählte zwölf mir unbekannte Weine aus und hinterließ meine Adresse im Normandy Barrière, so dass sie mir dort hingeschickt werden konnten. Dann betrat ich eine Bäckerei, die in Frankreich übrigens Boulangerie genannt wird. Da mir die Ähnlichkeit zu dem Wort Boule (wie das Spiel) auffiel, sprach ich den Bäcker darauf an und er teilte mir mit, dass vor der Erfindung des Baguettes das französische Brot tatsächlich die Form einer Kugel (Boule) gehabt hatte und daher der Name stammte. Ich stellte ihm die – eigentlich doch sehr naheliegende – Frage, ob das Spiel Boule ursprünglich statt mit Eisenkugeln mit steinhartem Brot gespielt worden war, doch das schien ihn zu beleidigen. Ich ließ die Sache auf sich beruhen und erstand ein Baguette. Mit ihm würde ich später am Abend bei einer Weinverkostung auf meinem Zimmer zwischen den verschiedenen Weinen meinen Gaumen beruhigen.

Als ich ins Hotel zurückkehrte, händigte mir der Rezeptionist ein weiteres Telegramm aus. Natürlich von Sweeney. Ich pfefferte es ungelesen in den nächsten Papierkorb.

Kapitel 27

Das Mittagessen nahm ich erneut mit Chief-Inspector Grover im Hotel ein. Nach einem raffinierten, aus gefüllter Wachtelbrust bestehenden Amuse-Gueule wurde als Soup du Jour eine würzige Bouillabaisse gereicht, die ich überaus deliziös fand. Es folgten Tournedos Canard in einer raffinierten Estragonsauce, von denen ich mir sogar eine zweite Portion servieren ließ, als Dessert eine Mousse au Chocolat und selbstverständlich eine Käseauswahl nebst diversem Obst. Als ich mit einiger Verwunderung Grover gegenüber erwähnte, dass mir die französische Küche inzwischen recht gut mundete, vertrat dieser die Ansicht, dass ich mich einfach daran gewöhnt hätte. Er untermauerte seine Theorie damit, dass er, der er erst einige Tage *nach* mir angereist war, sich nach wie vor nicht für diesen, wie er es nannte, überkandidelten Firlefanz zu erwärmen vermochte. Ich gab zu, dass der Gewöhnungseffekt auch eine Rolle – wenn auch eine untergeordnete – spielen mochte, doch für mich lag die eigentliche Ursache eindeutig in den Gauloises-Zigaretten begründet. Seit ich sie rauchte, hatte ihre charmante Kratzigkeit meinen Geschmackssinn zunehmend verändert, um nicht zu sagen umerzogen. Das Geheimnis der französischen Küche bestand offenbar darin, dass das Rauchen von Gauloises-Zigaretten eine niemals erwähnte (da für Franzosen ohnehin selbstverständliche), nichtsdestotrotz aber unabdingbare Voraussetzung für den Genuss des Menus war. Umgekehrt schmeckten mir auch die Gauloises inzwischen recht gut. Es verhielt sich ganz eindeutig wie mit Nitro und Glycerin, zweien für sich genommen harmlosen Substanzen, die zusammengemischt allerdings eine ungeheuerliche Sprengkraft entfalteten. Doch bei aller Köstlichkeit nahm ich mir vor, mich künftig ein wenig einzuschränken, denn ich hatte feststellen müssen, dass die salzige Seeluft den Hosenbund meiner sämtlichen Beinkleider hatte enger werden lassen; da konnte ich es nicht auch noch gebrauchen, zuzunehmen und täglich befürchten zu müssen, dass diese schließlich noch der kulinarischen Sprengkraft der französischen Küche zum Opfer fallen würden.

Nach dem Essen verkündete Grover, dass er sich einige Stunden zurückzuziehen gedenke, um einmal in aller Ruhe seine bei den Verhören verfassten umfangreichen Notizen zu ordnen und zu durchdenken. Mir war es recht, denn noch immer steckte mir das morgendliche

Verhör durch Capitaine Cabillaud in den Knochen. Die Schmach, dass ich als Engländer mich von einem Franzosen hatte verhören lassen müssen, ging mir gehörig gegen den Strich und schien mir ein Attentat auf die Naturgesetze zu sein. Um diesen wieder Gültigkeit zu verschaffen, beschloss ich, im Gegenzug noch heute einen Franzosen ins Verhör zu nehmen – oder besser noch zwei!

Unwillkürlich fiel mein Blick auf Jacques (oder Jean), der unermüdlich zwischen den Tischen hin und her flitzte. Ja, das war's, ich würde die beiden Kellner verhören, immerhin waren sie anwesend gewesen, als Sir Horace vergiftet worden war, und als Kellner waren sie – ganz im Gegensatz zu den Partygästen – schon von Berufs wegen gezwungen, darauf zu achten, was um sie herum vorging. Es war keineswegs unwahrscheinlich, dass sie etwas von Interesse beobachtet hatten. Allerdings galt nach wie vor die heilige Danby-Doktrin, dass Kellner unter keinen Umständen verärgert werden durften, also sann ich auf einen Weg, die beiden zu verhören, ohne dass sie es bemerken würden.

Kapitel 28

Die Idee, *dass* ich Jean & Jacques verhören würde, ohne dass sie dessen gewahr wurden, war durchaus genial zu nennen, nun fehlte nur noch die Idee, *wie* dies zu bewerkstelligen sei. Über eine Stunde ging ich im Park spazieren, um einen entsprechenden Plan zu entwickeln, doch wiewohl ich zur Anregung meines Denkapparates etliche Gauloises rauchte, wollte mir nichts Taugliches einfallen. Es war mir einfach nicht möglich, mich gründlich zu konzentrieren, denn jedes Mal, wenn ich einen halbwegs aussichtsreichen Gedanken fassen konnte, wurde ich durch ein enervierendes Klackern aus meinen Überlegungen gerissen. Ursache dieses Klackerns war – wie konnte es anders sein? – Boule! Der Park war geradezu verseucht von Boulespielern, die rudelweise auf Schritt und Tritt ihr Unwesen trieben. Und jedes Mal, wenn eine geworfene Metallkugel auf eine bereits im Sand liegende Metallkugel prallte – und das war oft der Fall – klackerte es laut. Es war schier zum Wahnsinnigwerden. Ich versuchte, mich in eine gleichmütige Stimmung zu versetzen und die Dinge mit der Gelassenheit eines Seneca zu sehen. Doch Seneca hatte leicht reden, im alten Rom hatte es kein Boule gegeben. Plötzlich durchfuhr es mich und ich hatte geradezu eine Erleuchtung. Was für ein verdammter Narr war ich doch gewesen! Die Lösung meines Problems hatte die ganze Zeit offen zutage gelegen, ich hatte sie nur nicht als Lösung, sondern als ein weiteres Problem wahrgenommen: Boule! Ja, das war's! Ich würde Jacques & Jean bitten, mich – selbstverständlich gegen ein großzügiges Salär – in die »Kunst« des Boule einzuführen. So würde ich ihr Vertrauen gewinnen, konnte auf unverdächtige Weise einige Zeit mit ihnen verbringen und wie nebenher über die Ereignisse der Cocktailparty plaudern. Ich gratulierte mir selbst zu dieser formidablen Idee, kehrte ins Hotel zurück und begab mich auf die Suche nach den beiden. Einen von ihnen entdeckte ich auf der Terrasse neben dem Hotel, wo er die Gäste mit Torten und Kaffee bediente.

Um keinen Argwohn zu erwecken, nahm ich Platz und bestellte zwei Stück Apfeltorte mit Sahne (eine Spezialität der Normandie und überdies verdammt köstlich). Als mir Jacques oder Jean das Gewünschte servierte, gelang es mir, ihn in ein kleines Gespräch zu verwickeln und dabei ganz en passant mein Angebot vorzutragen. Ob es nun an dem angebotenen Geld lag oder ob ich durch meine Baskenmütze besonders vertrauenerweckend wirkte, vermochte ich nicht zu sagen, aber jedenfalls schien der Angesprochene zwar überrascht, aber durchaus erfreut zu sein und wir verabredeten, dass er mich mit seinem Bruder um siebzehn Uhr – dann hatten die beiden für eine Stunde frei, bevor der abendliche Ansturm der Gäste auf das Souper einsetzen würde – im Park treffen würde.

Pünktlich zur verabredeten Stunde fand ich mich erneut dort ein. Die beiden erwarteten mich bereits. Wie sie da direkt nebeneinander standen, war die frappante Ähnlichkeit der Brüder sogar noch erstaunlicher, als wenn man sie einzeln sah. Ich hielt es in der Tat für ausgeschlossen, dass irgendjemand in der Lage sein könnte, die beiden auseinanderzuhalten, ja, ich hegte berechtigte Zweifel, dass sie es selber konnten. Ich entschied mich, dem ewigen unwürdigen Gerate ein Ende zu setzen und die Zwillingskellner – wenn sie wie hier irgendwo beide zugleich gegenwärtig waren – künftig für mich nur noch J1 und J2 zu nennen. Um sie zunächst in Sicherheit zu wiegen, hatte ich mir überlegt, die Cocktailparty einstweilen mit keinem Wort zu erwähnen, sondern mir von den beiden zunächst das Spiel erklären zu lassen und sodann einige Runden mit ihnen zu spielen. Beide überschlugen sich geradezu dabei, mir Tipps zu geben und meine Haltung zu korrigieren, wobei sie sich – vermutlich aufgrund meiner großzügigen Entlohnung – verpflichtet wähnten, nicht französisch zu sprechen, sondern in meiner Sprache radezubrechen, was aber durchaus recht charmant klang. Nach einiger Zeit hatte ich den Bogen raus; wichtig war der Wurf aus dem Handgelenk, der durchaus anspruchsvoller war, als ein uninformierter Betrachter vielleicht denken mochte. Überhaupt hat das Spiel durchaus etwas für sich. Es entbehrt jedes hektischen Herumgerennes, das leider für viele Sportarten in England so typisch ist. Die Spiele dort erschöpfen einen oft sogar schon beim Zusehen, man denke nur an das ständige Hin- und Herwenden des Kopfes beim Betrachten eines Tennismatches, nur um mit den Blicken einen Ball zu verfolgen, der offenbar nicht weiß, wo sein Platz ist. Boule hingegen ist eine Sportart, die man betreiben kann, ohne dabei seine Würde einzubüßen. Man steht voller Gelassenheit auf einer Stelle und tut, was zu tun ist, ohne dabei ins Schwitzen zu geraten. Nun könnten kritische Geister natürlich einwenden, dass das ständige Bücken nach der eigenen Kugel, um den nächsten Wurf ausführen zu können, auf Dauer ziemlich anstrengend ist. Aber nein, so ist es ganz und gar nicht, die schlauen Franzosen haben auch dieses Problem mit Bravour gelöst. Jeder Boulespieler führt in der Hosentasche einen kleinen, aber leistungsstarken Magneten mit sich, der an einer etwa zwei Fuß langen Schnur befestigt ist. Mittels dieser sinnreichen Konstruktion ist es möglich, die magnetische Eisenkugel ohne würdelose Verrenkungen aufzuheben.

Schließlich fand ich den Zeitpunkt für gekommen, um die Unterhaltung mit meinen beiden Nebenbuhlern unauffällig auf die verhängnisvolle Cocktailparty zu lenken. Wie sich herausstellte, hatten die beiden nichts beobachtet. Und mit »nichts« ist nicht »nichts von Interesse«, sondern buchstäblich »nichts« gemeint. Im Grunde ist es auch verständlich. Wenn man sich ständig mit vollen Tabletts zwischen lauter angesäuselten Personen hindurchzwängen muss, ist man doch schon froh, wenn einem nichts runterfällt. Die ganze Idee mit dem unauffälligen Ausfragen war von vornherein eine Schnapsidee gewesen. Ich wusste doch zur Genüge, was Kellner für Menschen sind: Es interessiert sie schlicht und einfach nicht, was während der Arbeit um sie herum vorgeht. Sie interessiert nur eins. Was das ist, vertraute mir ein Kellner im Hotel Sacher in Wien vor vielen Jahren einmal unter dem Siegel der Verschwiegenheit an: »Für uns gibt es nur zwei Sorten von Gästen. Welche, die viel Trinkgeld geben, und welche, die wenig Trinkgeld geben.« Das brachte mich auf eine Idee: Ich würde sie nach dem Trinkgeld fragen, das ihnen Sir Horace gegeben hatte, und darauf hoffen, dass im Schleppnetz dieser Erinnerung vielleicht noch die eine oder andere brauchbare Information als Beifang für mich abfiel.

J1 äußerste sich dazu wie folgt: »Monsieur Avondale war eine sehr nette Mann. Nicht wie viel andere Gäste, die haben tausend Wünsche und nix man kann recht machen. Au contraire! Monsieur Avondale hat verlangt nichts und gab schon vorher eine extraordinaire Trinkgeld. Es müsste geben viel mehr Gäste wie ihn.«

Offenbar hatten sich die beiden Js bislang nicht über Horace Avondale unterhalten, denn J2 hatte seinem Bruder mit zunehmender Ungläubigkeit zugehört und konnte nun nicht länger an sich halten, denn er sprach nun dieses: »Monsieur Avondale war eine Teufel. Nichts man konnte ihm machen recht. Er mich gealten für eine komplette Kretin. Er stundelang erklärt jedes kleine Detail. Wo müssen stehen das Gläser, in welche Eisschrank sind zu finden der Oliven und die Eiswürfel, wie dick muss geschneidet sein die Baguette, welche Temperatur muss haben le Champagner, in welche Eisschrank sind noch mehr von das Oliven und das Eiswürfel, wie müssen sein gefalten les Serviettes etc. etc. etc. Und für die Dank isch abe nicht bekommen auch nur eine Franc Trinkgeld!«

J2 war vor Empörung rot im Gesicht angelaufen, während sein Bruder ihn überrascht ansah, doch für mich ergab der eklatante Widerspruch, in dem diese beiden Aussagen zueinander standen, durchaus Sinn. Die Sache war völlig klar. Avondale hatte nicht bemerkt, dass er es bei J1 und J2 mit *zwei* Kellnern zu tun hatte. Anscheinend hatte er J2 ausführlich seine zahlreichen Sonderwünsche genannt und dann später – in Unkenntnis, dass er nun mit J1 sprach – diesem ein großes Trinkgeld gegeben. Ein durchaus verständlicher

Lapsus, wie ich fand, denn hätte mich Julius C. Hartford nicht auf den Umstand aufmerksam gemacht, dass es zwei sind, hätte ich es wahrscheinlich bis heute selbst nicht bemerkt. Aber letztlich half mir das alles überhaupt nicht weiter; irgendwelche Informationen über den Mordhergang hatte ich nicht erhalten und es sah auch nicht so aus, als sei noch damit zu rechnen.

Währenddessen hatten wir immer weitergeboult und ich wollte eben einen weiteren Wurf ausführen, als ich einen Mann bemerkte, der auf einer Parkbank saß. Er war mittleren Alters, trug einen billigen Anzug und sah zu uns hinüber. Offenbar einer jener typisch französischen Müßiggänger, der die trägste Tätigkeit ausübte, die sich überhaupt nur vorstellen ließ: auf einer Bank sitzen und anderen beim Boule zuzusehen. Mitleidig wandte ich mich ab und machte meinen Wurf. Mit einem kräftigen Wumms landete meine Eisenkugel direkt an der kleinen Zielkugel. Näher heran ging es nicht, diese Partie ging also an mich. J1 und J2 applaudierten mir enthusiastisch, so dass mich der Verdacht beschlich, dass das Trinkgeld, welches ich ihnen gegeben hatte, deutlich zu hoch gewesen war. Doch bereits im nächsten Moment ging mir noch etwas weit Unerfreulicheres auf: Den Mann auf der Bank sah ich am heutigen Tag nicht zum ersten Mal. Ich war ziemlich sicher, mich zu erinnern, ihn in der Nähe des Rosenbeets gesehen zu haben, als ich mich mit Chief-Inspector Grover und Major Bishop unterhielt, und als ich

Apfelkuchen essend auf der Hotelterrasse gesessen und mit J1 oder J2 gesprochen hatte, war er ebenfalls dort gewesen. Eine beunruhigende Erkenntnis durchzuckte mich: Ich wurde verfolgt.

Kapitel 29

Äußerlich eisernste Contenance bewahrend, während in meinem Kopf ein wahres Gedankeninferno tobte, machte ich mich auf den Rückweg zum Hotel. Was war zu tun? Zunächst musste ich mir absolute Gewissheit verschaffen, dass der Mann mich wirklich verfolgte und dass es sich hierbei nicht um einen zwar höchst unwahrscheinlichen, aber dennoch nicht gänzlich auszuschließenden Zufall handelte. Also begann ich, Umwege zu gehen. Ich ging eine Straße entlang und dann wieder zurück, umrundete zweimal einen Platz und dergleichen mehr, bis ich schließlich sicher war: Der Mann folgte mir tatsächlich. Ich überlegte, ob ich ihn irgendwie abschütteln könnte, verwarf den Gedanken dann jedoch. Es wäre sinnlos gewesen, der Mann wusste ja, wo ich logierte, und würde, wenn er meine Spur verlöre, mich bereits dort erwarten. Ihn abzuschütteln hätte höchstens dann einen Sinn, wenn ich das Hotel wechselte, aber sofort erkannte ich, dass dies gar nicht möglich war. Das Normandy Barrière war schließlich das einzige

Luxushotel in Deauville, so dass ich nirgendwo sonst unterkommen konnte. Ich setzte meinen Weg also – nun ohne weitere Umwege – mit meinem geheimnisvollen Verfolger im Schlepptau fort, doch als ich schließlich am Hotel ankam und mich umsah, war er verschwunden.

Während des ausgezeichneten Abendessens, das ich mit Grover im Hotel einnahm, berichtete ich ihm zuerst von meinem raffiniert getarnten, aber dennoch fruchtlosen Verhör der beiden Kellner, wobei er sich zu meiner Verwunderung eifrig Notizen machte. Dann kam ich auf meinen Verfolger und dessen plötzliches Verschwinden zu sprechen.

»Es ist anzunehmen, dass er erkannt hatte, dass Sie ihn bemerkt haben«, sagte Grover schließlich.

»Sehr wahrscheinlich. Die Frage ist: Wer ist der Mann und was hatte er vor? Und hat es vielleicht noch immer vor?« Ein kalter Schauder lief mir über den Rücken. Unwillkürlich sah ich mich im Speisesaal um, aber er war nirgendwo zu entdecken.

Grover begann, sich mit enervierender Langsamkeit eine Pfeife zu stopfen. »Nun, zunächst kann man nicht völlig ausschließen, dass der Mann mit unserem Fall gar nichts zu tun hat. Vielleicht ein Hoteldieb, der offenbar wohlhabende Fremde wie Sie zu ihrem Hotel verfolgt, um in ihr Zimmer einzubrechen.«

»Unwahrscheinlich«, gab ich zurück. »Er kann davon ausgehen, dass *alle* Gäste in diesem Hotel wohlhabend sind, daher könnte er in jedes beliebige Zimmer einsteigen und hätte gute Aussichten, etwas von Wert zu finden.«

Grover brummelte etwas Unverständliches, wahrscheinlich wollte er nur nicht zugeben, dass er sich geirrt hatte. Dann begann er, laut nachzudenken: »Ich denke, es spricht wenig dafür, dass es sich um den Mörder selbst handelt. Dafür war das Risiko, von Ihnen entdeckt zu werden, zu hoch. Es dennoch zu tun, wäre dumm, und dumm ist unser Mörder ganz gewiss nicht. Möglicherweise steht dieser Mann jedoch *im Dienste* des Mörders, aber möglicherweise, ja, sehr wahrscheinlich sogar, ist er nicht mal eingeweiht. Die Frage ist, was verspricht man sich davon, Sie zu verfolgen?«

Ich brummelte etwas Unverständliches, um nicht zugeben zu müssen, dass ich nicht die geringste Idee hatte.

Grover nahm einen tiefen Zug aus seiner Pfeife. »Ich könnte mir vorstellen, dass man viel über Sie in Erfahrung bringen will, um schließlich eine Situation zu konstruieren, bei der Sie als der Mörder von Horace Avondale und Clifford Marsh dastehen.«

»Warum gerade ich?«

»Nun, zum einen waren Sie bei Avondales Ermordung anwesend.«

»Wie etliche andere Gäste auch.«

»Und zum anderen wohnten Sie nur ein paar Zimmer weiter als Marsh.«

»Wie auch unsere anderen Verdächtigen.«

»Und vor allem sind Sie ein britischer Lord.«

»Und?«

»Nun, Adelige sind in der Bevölkerung sehr unbeliebt und …«

Ich hob tadelnd eine Augenbraue. »Das wäre mir völlig neu. Im Gegenteil, man bewundert uns.«

»Nein, tut man nicht. Schon gar nicht in Frankreich. Noch immer ist der vierzehnte Juli hier der höchste Nationalfeiertag. Und was wird da gefeiert? Die Französische Revolution, bei der es in erster Linie darum ging, so viele Adelige wie möglich zu guillotinieren.«

Ich schluckte. Grover hatte recht, neben allen anderen schon bekannten Fehlern waren die Franzosen obendrein Adelshasser und auch noch stolz darauf. Ein deprimierender Gedanke.

Wir diskutierten noch einige Stunden weiter, versuchten sämtliche Fakten und sämtliche Verdächtigen erneut von allen Seiten zu betrachten, stellten auch einige abwegige Theorien auf (besonders Grover), nur um uns am Ende eingestehen zu müssen, dass wir verwirrter waren als zuvor. Da es eine laue Sommernacht war, schlug ich vor, auf der Hotelterrasse noch einen Schlummertrunk einzunehmen. Grover war einverstanden. Offenbar hatten andere dieselbe Idee gehabt, denn als wir die durch einige Fackeln romantisch beleuchtete Terrasse betraten, fanden wir fast alle Tische besetzt. Unter anderem waren auch Julius C. Hartford III. nebst Gattin sowie alle unsere Verdächtigen anwesend. An einem Tisch saß Lady Avondale mit ihrer Nichte, in einer entfernten Ecke entdeckte ich Major Bishop, der schlecht gelaunt vor einem Bier saß (ob die schlechte Laune von dem herrührte, was die Franzosen als Bier bezeichneten, oder ob weitere Gründe vorlagen, ließ sich nicht sagen), und an der Hauswand saß Nigel Unsworth, der überaus nervös wirkte und uns, kaum hatte er uns bemerkt, aufgeregt zu sich winkte und uns nötigte, Platz zu nehmen.

»Hat man Ihnen inzwischen ein anderes Zimmer gegeben?«, erkundigte sich Grover höflich.

»Gibt es etwas Neues?«, fragte Unsworth, ohne Grovers Frage zu beachten.

Der Chief-Inspector machte eine vage Handbewegung »Wir verfolgen verschiedene Spuren, aber es ist noch zu früh, etwas Konkretes zu sagen.«

»Verdammt!« Unsworth hieb mit der flachen Hand auf den Tisch, was überhaupt nicht zu dem schwächlichen Brillenträger passen wollte. »Es muss etwas geschehen. Ich mache nachts kein Auge mehr zu und wo ich geh und steh, blicke ich um mich. Die Durchsuchung meines Zimmers und das Salz … vor allem das Salz, genau wie zuvor im Zimmer von Clifford Marsh. Ich bin sicher, das Salz ist eine Warnung, es kündigt an, wer sterben wird. Ich bin mit Sicherheit der Nächste auf der Liste. Ich war bei Capitaine Cabillaud, ich habe ihn gebeten, ja angefleht hab ich ihn, mich abreisen zu lassen, aber mit dem Mann ist ja nicht vernünftig zu reden. *Frühestens nach meinem Verhör*, hat er gesagt. Und mein Name beginnt mit U, ich werde also einer der letzten sein, das kann noch Tage dauern, wenn nicht Wochen, und selbst dann habe ich meine Zweifel, dass …«

Im nächsten Augenblick geschahen mehrere Dinge fast gleichzeitig. Unsworth schrie auf, sprang mit einer grotesk ungeschickten Bewegung gleichzeitig hoch und nach hinten, wobei er über seinen Stuhl stürzte und zu Boden fiel, und die Marmorplatte des Tisches vor uns zersplitterte mit einem gewaltigen Knall in tausend Stücke.

Für einige Augenblicke herrschte auf der gesamten Terrasse Stille. Alle hatten sich erhoben und sahen erschrocken zu uns hinüber. Vor uns lagen die Trümmer des Tisches und darin eine etwa dreieinhalb Fuß hohe Statue (irgendein ein römischer, griechischer oder französischer Gott), die offenbar von einem im zweiten Stock an der Seite des Hotels angebrachten Sims auf uns hinabgestürzt war. Unsworth blickte mit vor Panik geweiteten Augen zu uns hinüber. »Ich bin der nächste«, flüsterte er. »Ich bin der nächste.«

Kapitel 30

Nigel Unsworth war auf einen Stuhl gesunken und starrte apathisch ins Leere, während ansonsten alles schrie und durcheinanderlief. Im Nu war auch der Hoteldirektor zur Stelle, welcher die Hände rang, wieder und wieder sein schon erprobtes »C'est impossible!« zum Besten gab, sich entschuldigte, uns versicherte, dass sein Hotel solide gebaut und so etwas in den vierundzwanzig Jahren seines Bestehens noch nie vorgefallen war, und schließlich sogar so weit ging, Grover, Unsworth und mir ein frei zu wählendes Dessert auf Kosten des Hauses anzubieten. »Das war kein Unfall!«, stellte Chief-Inspector Grover fest, als er sich wieder von dem Schreck erholt hatte. Ich konnte ihm nur zustimmen. Es war ziemlich windstill, es lag also kein Grund vor, warum eine schwere Statue plötzlich umkippen und hinabfallen sollte. »Jemand hat nachgeholfen!«, fuhr Grover erregt fort.

»Und dieser Jemand kann noch nicht weit sein«, rief ich aus.

Im nächsten Moment jagten Grover und ich durch die Lobby und die Treppe hinauf. Nicht mal eine Minute später hatten wir das zweite Obergeschoss erreicht. Am Endes des Flurs stand ein Fenster offen. Wir blickten hinaus und tatsächlich, einer der vier Sockel, auf denen sich noch drei weitere Statuen befanden, war leer und etwa zehn Yards darunter erblickten wir die Trümmer derselben und unseren zerschmetterten Tisch. Von hier hatte der Täter das schwere Stück hinuntergestoßen. Natürlich war von dieser Person nirgendwo eine Spur zu entdecken. Die knapp zwei Minuten bis zu unserem Eintreffen waren mehr als genug Zeit für ihn gewesen, um zu verschwinden.

Grover blickte nachdenklich nach unten. »Ist Ihnen klar, was das bedeutet, Danby? Keiner von unseren Verdächtigen kommt als Täter in Frage. Die saßen währenddessen alle dort unten.«

Ich war auf den Sims geklettert, um zu sehen, ob der Täter irgendwelche Spuren hinterlassen hatte und in der Tat stieß ich auf etwas ziemlich Interessantes. »Sehen Sie mal!«, rief ich Grover zu. »Hier ist ein dickes Stück Schiffstau, das an die Regenrinne geknotet ist. Und hier auf dem Sims befindet sich ein Wachsfleck. Für mich sieht das ganz so aus, als habe der Täter das Tau um die Statue gelegt, sie dann nach vorne gekippt, so, dass sie nur noch von dem Tau vom Hinabstürzen bewahrt wurde, und dann eine brennende Kerze unter das Seil gestellt. Anschließend konnte er hier verschwinden und wusste, dass die Flamme die Arbeit für ihn erledigen würde. In dem Moment, wo das Tau riss, stürzte die Statue hinunter, während er selbst sich schon ganz woanders aufhielt. Möglicherweise sogar an einem der Tische auf der Terrasse.«

»Das Salz«, brummte Grover finster. »Unsworth hatte recht. Es war eine Warnung. Oder vielleicht eine Drohung. Oder etwas anderes. Jedenfalls kündigte es an, dass auch er sterben soll.«

Ich enthielt mich eines Kommentars, denn mir war noch eine andere Möglichkeit eingefallen. Vielleicht hatte der Anschlag gar nicht Nigel Unsworth gegolten, sondern Grover und mir. In diesem Fall hätte der Mörder zwar eine schmeichelhafte, wenn auch unverdient hohe Meinung von unseren Ermittlungsfähigkeiten, aber auszuschließen war es keinesfalls.

Wir begaben uns wieder nach unten auf die Terrasse und setzten Nigel Unsworth und den Hoteldirektor von meinen Beobachtungen in Kenntnis. Während Unsworth die Neuigkeiten mit schierem Entsetzen aufnahm, schien der Hoteldirektor beinahe erleichtert zu sein. Aus seiner Sicht durchaus verständlicherweise. Die Renovierung eines baufälligen Hotels war ein kostspieliges Unterfangen, zumal es währenddessen vielleicht sogar geschlossen werden musste. Einen wahnsinnigen Mörder zu fangen, war hingegen etwas, das die Polizei erledigte und dies obendrein gratis.

Einige der Hotelgäste sahen das offenbar genau gegenteilig und verbargen ihren Unmut keineswegs. Eine Familie aus Nantes verkündete, umgehend abreisen zu wollen, und der Hoteldirektor musste seinen ganzen französischen Charme aufbieten, um die besorgten Gäste davon zu überzeugen, dass der Mörder es lediglich auf Engländer abgesehen habe und für Franzosen daher keinerlei Anlass zum Abbruch der Ferien bestehe. Einige der Gäste beruhigte das offenbar tatsächlich.

Inzwischen war auch Capitaine Cabillaud mit zwei Gendarmen eingetroffen. In seiner bekannt umständlichen Art befragte er alle, die zum Tatzeitpunkt anwesend gewesen waren, aber natürlich hatte niemand etwas Hilfreiches beobachtet. Der Täter war klug genug gewesen, sein Attentat am späten Abend zu unternehmen. Bei Tageslicht hätte man ihn und die gekippte, nur von einem Seil gehaltene Statue auf dem Sims allzu leicht vorzeitig entdecken können, aber in der Dunkelheit hatte niemand etwas bemerkt.

Es war bereits nach eins, als ich auf mein Zimmer zurückkehrte. Dort erwartete mich eine böse Überraschung. Der Raum war durchsucht worden. Nicht in der tobsüchtigen Weise wie in Unsworths Zimmer, aber doch unübersehbar. Ich versuchte herauszufinden, ob etwas fehlte, aber falls es so war, kam ich nicht drauf. Während der Untersuchung meiner Sachen entdeckte ich in einer Schublade des Schrankkoffers eine Packung meiner türkischen Zigaretten von Morland & Co, die ich wohl zuvor übersehen hatte, was zumindest *ein* positiver Aspekt dieses Vorfalls war. Ich zündete mir sogleich eine an, doch entweder hatten sie zu lange im Koffer gelegen oder waren durch die Seeluft ausgelaugt worden, jedenfalls waren sie fade und kraftlos und konnten in keiner Weise die Kratzigkeit in Hals und Bronchien erzeugen, die ich inzwischen von meinen Gauloises gewohnt war.

Ich warf die Packung in den Papierkorb. Dann fiel mein Blick auf das Baguette und die Kiste mit den zwölf Weinflaschen. Der Einbrecher hatte sie nicht angerührt, was dagegensprach, dass es sich dabei um einen Franzosen handelte. Es sei denn natürlich, ich würde bei der Verkostung feststellen, dass es sich um minderwertige Weine handelte, in diesem Fall war sogar mit Sicherheit von einem Franzosen auszugehen. Doch das würde bis morgen Abend warten müssen, nach den Ereignissen des heutigen Tages war ich absolut nicht mehr in der Stimmung für eine Weinprobe.

Während ich rauchend auf dem Balkon saß, um mir alles noch einmal durch den Kopf gehen zu lassen, durchzuckte mich plötzlich eine furchtbare Erkenntnis: Ich war heute beinahe von der Statue einer männlichen Figur erschlagen worden. Wie hatte Tallulah Quayle noch im Zug zu mir gesagt: »Hüten Sie sich vor einem Mann, der nicht lebt, sonst werden Sie Deauville nicht lebend verlassen.« Damals hatte ich sie ausgelacht, doch jetzt war mir das Lachen vergangen.

DRITTER TEIL

Kapitel 31

In dieser Nacht machte ich kaum ein Auge zu. Voller Unruhe warf ich mich in meinem Bett von der einen auf die andere Seite, gequält von bohrenden Gedanken. Wer war in meine Suite eingedrungen und hatte sie durchsucht? War es der Mann, der mich verfolgt hatte und dann verschwunden war? Oder war es jemand anderes? Was hatte er gesucht? Plante er auch mich zu ermorden und wenn ja, warum hatte er kein Salz verstreut? Wem hatte der Mordanschlag mit der Statue gegolten? Grover und mir? Mir allein? Oder doch Nigel Unsworth?

Irgendwann musste mich dann doch der Schlaf übermannt haben, denn ich fiel in einen fürchterlichen Albtraum, in dem eine kreischend lachende Tallulah Quayle in wehenden Gewändern mich durch einen Zug verfolgte und dabei mit brennenden Kerzen nach mir warf. Schweißgebadet erwachte ich.

Während ich eine halbe Stunde später auf dem Weg zum Petit déjeuner elegant die Treppen hinunterlief, grübelte ich darüber nach, ob nicht Tallulah Quayle die tatsächliche Täterin war. Hatte sie alles von Anfang an geplant? Im Zug nach Deauville hatte sie mich vor einem nichttoten Mann gewarnt, vor dem ich mich in Acht nehmen müsse, wenn ich nicht sterben wollte. Auf Horace Avondales Cocktailparty hatte sie mich ein weiteres Mal ermahnt, vorsichtig zu sein, da die Party unter keinem guten Stern stünde, und schließlich hatte sie das Salz in den Zimmern prophezeit. Es lag auf der Hand: Entweder konnte sie tatsächlich in die Zukunft blicken oder sie hatte all das exakt nach ihren Voraussagen selbst in Szene gesetzt.

»Humbug«, brummte Chief-Inspector Grover undeutlich, während ihm aus dem Mund etliche Croissantkrümel auf die Weste rieselten. »Das ist alles nur Zufall. Hat nicht das Geringste zu bedeuten. Viel interessanter ist etwas ganz anderes.«

»Und was soll das sein?«, erwiderte ich verstimmt. (Ich schätze es ganz und gar nicht, wenn man meine wohlerwogenen Theorien in Bezug auf mörderische Hellseherinnen als Humbug abtut.)

»Drehen Sie sich nicht um«, fuhr Grover fort, »aber zwei Tische weiter sitzt hinter Ihnen ein Mann, der schon die ganze Zeit unauffällig zu uns herübersieht. Ist das etwa derselbe, der Ihnen gestern gefolgt ist?«

»Wie soll ich das feststellen, wenn ich mich nicht umdrehen darf?«

Grover schob die silberne Kaffeekanne zu mir hinüber und ich beugte mich vor, um das Spiegelbild des Verdächtigen zu studieren. Ich erblickte einen unglaublich dicken Mann mit kugelrundem Kopf und verwaschenen Gesichtszügen. Offenbar hatte die konvexe Form der Kaffeekanne die gleiche Wirkung wie ein Zerrspiegel auf dem Jahrmarkt und überdies war die Kanne wohl auch sträflich lange nicht poliert worden. Ich zog mein silbernes Zigarettenetui hervor und verwendete nun dieses als Spiegel.

»Den Mann habe ich noch nie gesehen«, klärte ich Grover auf, während ich mir eine Gauloises anzündete.

»Verdammt!« Grover strich ärgerlich über seinen Schnauzbart. »Er muss bemerkt haben, dass Sie ihn beobachten. Er scheint es plötzlich sehr eilig zu haben.«

»Sollten wir ihm folgen?«

»Wozu? Er kennt uns ja. Das hätte keinen Sinn.«

»Alles hat keinen Sinn«, ergänzte ich düster. »Wir recherchieren und recherchieren, aber statt dass alles immer klarer wird, wird es nur immer schlimmer und komplizierter.«

Kapitel 32

Nach dem Frühstück schlenderten Chief-Inspector Grover und ich gemächlich am Strand entlang. Die würzige Seeluft regte das Denken an und selbst wenn dies zu nichts führte, war man auf diese Weise zumindest am Strand. Außerdem konnten sich etwaige Verfolger hier nirgendwo verbergen.

Nachdem wir ein paar hundert Yards gegangen waren, entdeckte ich in einem Strandkorb ein vertrautes Gesicht: Sheila Nesbitt. Ich weiß nicht, ob es die Zehntausendpfundwette war oder der Umstand, dass Grover es sichtlich gar nicht erwarten konnte, Frankreich zu entfliehen, was schließlich den Ausschlag gab, jedenfalls beschlossen wir, dass es nun an der Zeit war, die blumengeschmückte Promenade der Höflichkeit zu verlassen und auf die hart gepflasterte Straße rüder Direktheit einzuschwenken.

Wir näherten uns ihrem Strandkorb und nach ein paar Worten unverbindlichen Vorgeplänkels kamen wir zur Sache: »Hab ich Sie nicht erst kürzlich aus einem Juweliergeschäft kommen sehen? Gibt es vielleicht einen Anlass zu feiern?«, begann ich noch einigermaßen unverfänglich.

Für den Bruchteil einer Sekunde verengten sich ihre Augen misstrauisch, doch gleich darauf wirkte sie so charmant wie immer. »Mich? Nein, wohl kaum.«

»Ich bin ganz sicher, dass ich Sie erkannt habe. Es war der Juwelier Dupont. In der Stadt.«

Sheila blinzelte nervös. »Ach, richtig. Ich erinnere mich. Ich hab mich da ein wenig umgesehen. Eigentlich nur, weil ich gerade nichts Besseres zu tun hatte, diese Stadt ist so langweilig. Und so war auch der Laden, Provinz eben, in keiner Weise mit London zu vergleichen. Es gab dort kein Stück, das mich interessiert hätte, ich habe nichts gekauft.«

Das war, wie wir wussten, nicht einmal die Unwahrheit und doch versuchte die junge Dame, uns Sand in die Augen zu streuen. Aber da war sie an die Falschen geraten.

»Und wie erklären Sie *das*?« Grover hielt ihr die Rechnung des Juweliers unter die Nase, wie ein Staatsanwalt in einem Mordprozess des Old Bailey. Ich wartete nur noch darauf, dass er das zerknüllte Blatt als »Beweisstück A« bezeichnete.

»Was soll das sein?«, fragte Miss Nesbitt ein wenig *zu* arglos.

»Eine Rechnung des Juweliers Dupont: über die Entfernung einer Gravur von einem Ring.«

»Was habe *ich* damit zu tun?«

»Sie befand sich im Papierkorb Ihres Zimmers.«

Rote Flecken begannen sich am Hals von Sheila Nesbitt auszubreiten. Offensichtlich war ihr klar geworden, dass sie nun in der Bredouille steckte. »Das … das ist eine Unverschämtheit. Wie kommen Sie daran?«

»Nun, sagen wir, wir haben unsere Quellen«, erwiderte Grover mit undurchdringlichem Gesicht. Ich war entzückt. Kein Zweifel, Grover verstand sein Metier. Sollte Miss Nesbitt ruhig glauben, dass wir über ein Heer von geheimen Mitarbeitern verfügten.

»Ich werde mich beschweren!«, rief sie empört. »Ich werde Sie beide anzeigen! Bei Capitaine Cabillaud. Wegen Einbruchs und Diebstahls!«

»Ganz wie Sie wünschen, Miss Nesbitt«, versetzte Grover ungerührt. »Dann erklären Sie der Polizei auch gleich, warum Sie es kurz nach dem Mord so eilig hatten, eine Gravur von einem Ring zu entfernen.«

Sheila Nesbitt schluckte. »Wie bitte?«

»Wir wissen von Ihrem Verhältnis mit Major Bishop«, ergänzte ich, ohne ihr Zeit zum Nachdenken zu lassen.

»Ich und Major Bishop? Sind Sie komplett wahnsinnig? Ich würde nie …«

»Leugnen ist zwecklos. Der Duft Ihres Parfums befand sich im Zimmer des Majors. Floris No. 127. Unverkennbar. Ist es nicht so, dass Ihr Geliebter, der Major, Sir Horace vergiftet hat und Sie befürchteten, dass er gefasst würde und deshalb die Gravur von dem Ring entfernen ließen, den Ihnen der Major verehrt hat, um zu verhindern, dass der Verdacht auch auf Sie fiele?«

Sheila Nesbitt sah uns erschrocken an. Dann begannen sich ihre schönen Augen mit Tränen zu füllen. »Nein, nichts davon ist wahr …«

»Erklären Sie das dem Richter!«, fuhr ich sie an. (Das hatte ich mal in einem Film gesehen und mir vorgenommen, es bei passender Gelegenheit auch mal zu sagen. Ich war froh, dass sich eine solche nun ergeben hatte.)

Die junge Dame zog eine zartes Seidentaschentuch aus dem Ärmel und betupfte sich die Augen. Zweifellos war sie sich der dramatischen Wirkung vollauf bewusst. »Also gut, Sie wollen die Wahrheit erfahren? Bitte sehr. Es ist teilweise wahr, was Sie sagen, aber nicht *ich* bin es, die ich beschützen will, sondern meine Tante.«

»Lady Avondale?«, hakte Grover nach. »Was ist mit ihr?«

Sheila Nesbitt biss sich auf die Unterlippe. »Ich will Ihnen alles von Anfang an erzählen: Vor drei Tagen ging ich am Abend auf meinen Balkon, um ein wenig frische Luft zu schnappen. Da bemerkte ich etwas überaus Seltsames: Ich sah, wie der Major über die Balustrade des Nachbarbalkons auf seinen eigenen Balkon kletterte und dann in seinem Zimmer verschwand.«

»Sie meinen, er war zuvor im Nachbarzimmer gewesen?«, fragte ich dazwischen.

»Das kann ich nicht sagen. Ich habe ihn dort nicht herauskommen sehen. Da es ja eigentlich nur *ein* langer Balkon ist, der durch Balustraden getrennt ist, hätte Major Bishop auch vorher in jedem anderen Zimmer sein können. Jedenfalls kam mir das verdächtig vor und mir kam der Gedanke, dass *er* für den Tod meines Onkels verantwortlich sein könnte. Also …« Sie stockte.

»Also?«, hakte Grover unerbittlich nach.

Sie seufzte. »Also tat ich etwas sehr Dummes. Ich wartete am nächsten Morgen im Speisesaal, bis der Major zum Frühstück erschien. Gleich darauf rannte ich auf mein Zimmer und gelangte über den Balkon in sein Zimmer.«

»Und dort fanden Sie den Revolver und nahmen ihn an sich«, stellte ich fest.

»Revolver? Was? Nein. So war es nicht.«

Grover beugte sich gefährlich vor. »Wie war es dann, Miss Nesbitt?«

»Es stimmt. Ich wollte das Zimmer durchsuchen, doch dazu kam es nicht. Ich hatte mich gerade ein wenig umgesehen, als ich eine Entdeckung machte, die mir vor Schreck den Atem nahm. Ich war nicht allein im Zimmer. Unter dem Vorhang sah ich die Spitzen von zwei Männerschuhen hervorgucken. Beinahe hätte ich laut aufgeschrien. Ich wandte mich um, stürzte auf den Balkon, kletterte zurück, bis ich wieder in meinem Zimmer war und die Balkontür verriegelte. Und das ist die Wahrheit!«

Grover hatte seinen Notizblock hervorgezogen. »Haben Sie einen Verdacht, wer der Mann hinter dem Vorhang war?«

»Nein. Jedenfalls war es nicht der Major, denn der saß ja beim Frühstück.«

»Gut, das würde die Anwesenheit Ihres Parfumduftes im Zimmer des Majors erklären«, stellte ich fest. »In diesem Fall hätte der Mann hinter dem Vorhang alles durchsucht und den Revolver gestohlen, aber es erklärt immer noch nicht, was es mit der Gravur auf sich hat, welche Sie entfernen ließen.« Ich blickte sie durchdringend mit einem staatsanwaltlichen Blick an, den John Barrymore auch nicht besser hingekriegt hätte.

Sie zögerte. »Was die Gravur betrifft – es handelt sich nicht um *meinen* Ring. Er gehört meiner Tante. Ansonsten hatten Sie mit fast allem recht. Der Ring war eine Liebesgabe des Majors. Nach dem Mord an meinem Onkel fürchtete ich, dass die Gravur bei einer gründlichen polizeilichen Untersuchung entdeckt werden könnte und dass man – falls man den Major als den Täter entlarven würde – meine Tante als seine Geliebte für seine Komplizin hielte.«

Grover sah sie misstrauisch an. »Sie wollen behaupten, der Major ist der Liebhaber Ihrer Tante und hat ihr den Ring geschenkt?«

Sie nickte.

»Und woher wussten Sie von der Gravur, hat Ihre Tante sie Ihnen gezeigt?«

Sheila Nesbitt schüttelte heftig den Kopf. »Nein, sie hat keine Ahnung, dass ich von der Gravur weiß. Ich entdeckte sie eines Tages zufällig, als ich den Inhalt ihres Schmuckkästchens bewunderte. Da sah ich es: A & T. Arleen und Terry. Ich konnte es zuerst gar nicht glauben, aber je länger ich darüber nachdachte, desto mehr ergab alles einen Sinn. Der Major war ständig bei uns als Hausgast zu Besuch. Offiziell nur, um meinen Onkel zu besuchen, aber da der ein vielbeschäftigter Geschäftsmann war, blieben dem Major und meiner Tante viele Gelegenheiten für heimliche Treffen.«

»Und Sir Horace soll davon nichts bemerkt haben?« Grover blickte mehr als skeptisch drein.

»Wie schon gesagt, er hatte viel zu tun, oft wurde er unvorhergesehen in die Firma gerufen. Außerdem vermute ich inzwischen, dass die Dienerschaft teilweise eingeweiht war und meiner Tante half, alles zu vertuschen.«

»Tja«, meinte Grover bitter, »der Ehemann erfährt es immer zuletzt.«

»Oder wie in diesem Fall – gar nicht«, ergänzte ich.

»Und als ich den Ring neulich auf dem Nachttisch meiner Tante liegen sah, steckte ich ihn in einem plötzlichen Entschluss heimlich ein und brachte ihn zum Juwelier und ließ die verfängliche Gravur entfernen.

Ich weiß, das war sicher nicht richtig, aber ich wollte nicht, dass Tante Arleen in etwas verwickelt wird, an dem sie völlig unschuldig ist. Ich hab nur versucht, sie zu beschützen.«

Grover tippte mit seiner Bleistiftspitze nachdenklich auf seinen Notizblock. »Aber wenn Sie von der Affäre wussten, frage ich mich, warum Sie Major Bishop des Mordes verdächtigten, als Sie ihn über den Balkon klettern sahen. Wäre es nicht eine viel naheliegendere Annahme gewesen, dass er heimlich Lady Avondale in Ihrer Suite aufgesucht hat?«

Sheila Nesbitt machte eine hilflose Geste. »Ja, sicher, wahrscheinlich war es so, aber Sie müssen verstehen, in diesem Moment … es war kurz nach dem Mord an meinem Onkel … ich war aufgewühlt und durcheinander … in diesem Moment kam mir sein Verhalten höchst verdächtig vor.«

Chief-Inspector Grover und ich sahen uns an. An seinem Gesichtsausdruck sah ich, dass er dasselbe dachte wie ich: *Davon ist höchstens die Hälfte wahr!*

Die Frage war nur, *welche* Hälfte?

Kapitel 33

Unsere direkte Vorgehensweise hatte sich als erfolgreich erwiesen, denn zumindest hatten wir Sheila Nesbitt gezwungen, Dinge zu sagen, die sie nicht sagen wollte. Damit ließ sich etwas anfangen. Falls sich ihre Aussagen als Lügen erweisen sollten, war sie selbst damit erheblich verdächtiger geworden, sollte es sich dabei um die Wahrheit handeln, konnten wir darauf aufbauen. Wir beschlossen, diese Avenue des Erfolges weiter zu beschreiten, und fünfzehn Minuten später befanden wir uns in Lady Avondales Suite, bereit, die Wahrheit erbarmungslos aus ihr herauszuquetschen.

Mit einer müden Geste bot sie uns an, uns zu setzen. »Nun, Gentlemen, ich hoffe, es gibt gute Neuigkeiten.«

»Neuigkeiten gibt es in der Tat«, erwiderte ich, »ob sie allerdings gut sind, muss sich erst erweisen.«

Grover eröffnete das Verhör sogleich mit einer zweifellos unerwarteten Attacke: »Wir haben inzwischen aus London Informationen vorliegen, die den Verdacht aufkommen lassen, dass das Geschäftsgebaren von Sir Horace teilweise kriminell zu nennen war.«

Lady Avondales Züge versteinerten und sie richtete sich kerzengerade auf ihrem Stuhl auf. »Was erlauben Sie sich, in dieser unglaublichen Weise über meinen verstorbenen Gatten zu sprechen? Kriminelles Geschäftsgebaren? Das ist lächerlich! Mein Mann war nicht kriminell, er hat sich nur nicht immer an sämtliche Gesetze gehalten.«

Mir schien das eine ziemlich befriedigende Erklärung zu sein, aber Grovers Miene verfinsterte sich.

»Wo ist der Ring, den Ihnen Major Bishop geschenkt hat?«

Lady Avondale blickte Grover verwirrt an. »Was für ein Ring? Der Major hat mir keinen Ring geschenkt.«

»Wir wissen Bescheid. Sie unterhalten eine Affäre mit Major Bishop. Oder wollen Sie das etwa leugnen?«

Arleen Avondale erbleichte. »Das … das ist eine Ungeheuerlichkeit! Verlassen Sie augenblicklich mein Zimmer!«

»Sie haben keine Affäre mit dem Major?«

»Selbstverständlich nicht!«

»Sie haben keinen Ring vom Major erhalten, der eine Gravur trägt? Eine Gravur, die Ihre Nichte für derartig kompromittierend hielt, dass sie diese entfernen ließ.«

»Wie bitte, was?« Einige Augenblicke war Lady Avondale sprachlos, dann streckte sie ihm zornig ihre grazilen Hände entgegen. »*Das* hier ist mein Ehering. Und *das* ist mein Verlobungsring. Wollen Sie die Gravur sehen, Chief-Inspector?« Aufgebracht zerrte sie sich den angeblichen Verlobungsring vom Finger und warf ihn Grover vor die Füße. »Da!«

Ohne erkennbare Gefühlsregung hob er den Ring auf, studierte die Innenseite und las vor, was dort stand: »In ewiger Liebe! – Horace.«

»Zufrieden?«, kreischte sie reichlich undamenhaft.

Grover reichte ihr den Ring zurück. »Was dieses Stück angeht, durchaus, aber bevor wir gehen, möchten wir noch einen Blick in Ihre Schmuckschatulle werfen.«

Lady Avondales Gesicht war dunkelrot angelaufen. Ihre Stirnadern vibrierten. Einen Moment starrte sie Grover an, als wollte sie ihn erwürgen. Dann fasste sie sich und schritt voller Würde zu einer Kommode, entnahm ihr eine silberne Kassette, stellte sie auf den Tisch und öffnete sie mit theatralischer Märtyrermiene. »Bitte sehr!«

Wir traten näher und nahmen den Inhalt in Augenschein. In dem mit dunkelblauem Samt ausgeschlagenen Kasten befanden sich eine Smaragdhalskette, eine dreireihige Perlenkette, sechs Paar Ohrringe, ein Rubinarmband, vier Broschen, ein Diadem, ein Lorgnon und ein goldener Ring mit einem sehr großen Smaragd, der wohl nur zu besonders feierlichen Anlässen getragen wurde. Wir nahmen beide die Innenseite des Ringes unter die Lupe und fanden sie durch jahrzehntelangen Gebrauch abgewetzt. Keinesfalls war hier kürzlich eine Gravur entfernt worden.

Grover klappte die Schatulle zu und wandte sich an Lady Avondale: »Bitte entschuldigen Sie die Unannehmlichkeiten, leider müssen wir sämtlichen Hinweisen nachgehen und sei es auch nur, um herauszufinden, dass sie falsch sind.«

Ein geschickter Schachzug, wie ich fand; sollte die Dame nur glauben, dass wir sie nicht länger verdächtigten. Wir verbeugten uns galant und bevor Lady Avondale etwas entgegnen konnte, hatten wir das Zimmer verlassen.

Kapitel 34

Während des Soupers (Consommé, Chateaubriand mit Spargel, Pommes Duchesse und Sauce béarnaise, Mousse au Chocolat, Fromage, Baguette und Obst) sprachen Grover und ich über Sheila Nesbitt und Lady Avondale. Es war klar, dass mindestes eine von beiden log, denn entweder unterhielt Arleen Avondale eine Liaison mit Major Bishop oder nicht.

»Ob ich ihr glaube, dass sie nicht die Mätresse des Majors ist, kann ich noch nicht sagen«, begann ich, während ich mir die Lippen mit der Serviette abtupfte. »Ihr Protest gegen diese Anschuldigung würde wahrscheinlich so oder so gleich ausfallen, aber haben Sie es bemerkt, Grover? Als Sie Lady Avondale fragten: Wo ist der Ring, den Ihnen der Major geschenkt hat?, da reagierte sie völlig arglos und ehrlich überrascht.«

»Sie meinen, egal, ob die beiden eine Affäre haben, der Major hat ihr keinen Ring geschenkt?«, sagte Grover stirnrunzelnd.

»Das meine ich in der Tat.«

»Dann stellt sich allerdings die Frage, warum Sheila Nesbitt dies behauptet.«

»Meiner Ansicht nach kann es dafür nur einen Grund geben. Der Ring gehörte ihr sehr wohl selbst, wovon wir ja von Anfang an ausgegangen sind, und sie versucht, davon abzulenken, dass sie selbst eine Affäre unterhält.«

»Ebenfalls mit dem Major?«

»Wäre möglich.«

»Aber warum belastet sie ihn dann, indem sie uns von seiner Balkonkletterei erzählt?«

»Belastet sie ihn denn wirklich damit? Ich denke nicht. Im Gegenteil: Falls diese Kletterei wirklich stattgefunden hat, muss sie damit rechnen, dass auch andere Gäste den Major dabei gesehen haben. Indem sie als Grund dafür ein diskretes Rendezvous bei Lady Avondale angibt und überdies noch behauptet, dass sich in seinem Zimmer hinter dem Vorhang ein Mann versteckt hatte, entlastet sie ihn weiter. Das ist nicht ohne Raffinesse.«

Grover stimmte mir widerwillig zu und verkündete sodann, dass er den Nachmittag damit verbringen müsse, ein langes Telegramm an Scotland Yard aufzusetzen, in dem er seine Vorgesetzten über die Fortschritte der Ermittlungen informieren würde.

»Warum muss das Telegramm dann so lang sein?«, bemerkte ich irritiert. »Wir haben doch bislang kaum Fortschritte gemacht.«

»Eben drum«, erwiderte Grover. »Je länger das Telegramm, desto flüchtiger wird es gelesen und desto mehr sieht es nach viel Arbeit aus.«

Das leuchtete mir ein und ich beschloss, den groverfreien Nachmittag zu benutzen, um etwas Sport zu treiben. Das Hotel verfügte über einen eigenen Tennisplatz, doch auf dem Weg dorthin kam es mir in den Sinn, dass ich Tennis ja jederzeit in England spielen konnte und dass es weiser wäre, meinen Aufenthalt in Frankreich dafür zu nutzen, um jene Aktivitäten zu betreiben, die es nur hier gab. Nach reiflicher Überlegung entschied ich mich für Boule. Irgendwie hatte ich durch die Partie mit Jean und Jacques fast so etwas wie ein Faible für dieses Spiel entwickelt. Es ist längst nicht so läppisch, wie man anfangs glauben mag, im Gegenteil, es enthält doch eine ganze Reihe feiner Finessen und überdies ist es die einzige Sportart, während der man rauchen kann. Inzwischen konnte ich sehr gut verstehen, dass die Franzosen ihre Prachtstraßen zwar nach berühmten Männern wie Beaumarchais oder Haussmann benennen, aber noch mehr Wert darauf legen, dass dabei jedes Mal auch ihr Lieblingsspiel gewürdigt wird, indem sie diese Straßen allesamt als *Boulevard* bezeichnen.

Ich begab mich also in den Park und musste auch gar nicht lange suchen, bis ich aus verschiedenen Richtungen das nun schon vertraute Aneinanderklackern der Eisenkugeln vernahm. An zahlreichen Stellen wurde geboult und augenblicklich fand ich eine Gruppe, die mich herzlich einlud, mit von der Partie zu sein. Wir spielten eine gute Stunde lang, wobei ich zu meiner Befriedigung feststellte, dass mein Niveau in diesem Metier mit jeder Runde besser wurde, ja, ich wurde so gut, dass ich das letzte Spiel sogar gewann. Noch ganz in diesem Hochgefühl kam mir der Gedanke, dass es schön wäre, auch nach meiner Rückkehr nach England weiterhin dieses schöne Spiel betreiben zu können, und ich entschied, in die Stadt zu gehen und ein eigenes Boulespiel zu erstehen oder noch besser gleich mehrere, so dass ich auch Freunden und Bekannten die Möglichkeit eröffnen konnte, dieser herrlichen Freizeitbeschäftigung zu frönen.

Ich fand ein Geschäft, dass Boulespiele führte, und bestellte zwölf Sets, die man mir ins Hotel liefern würde. Während ich bezahlte, sah ich für einen Moment durch die Schaufensterscheibe nach draußen und glaubte auf den Trottoir vis à vis des Geschäfts den Mann zu erblicken, den ich beim Frühstück im Spiegelbild meines Zigarettenetuis gesehen hatte und von dem Grover behauptete, dass er uns beobachte. Für einen kurzen Augenblick wurde ich vom Verkäufer abgelenkt und als ich wieder hinsah, war der Mann auf der anderen Straßenseite verschwunden. Jetzt war ich nicht mehr sicher. War es überhaupt derselbe Mann gewesen oder war es mir nur so vorgekommen?

Wieder auf der Straße, hielt ich nach ihm Ausschau, doch es gelang mir nicht, ihn zu entdecken. Doch dafür jemand anderen, denn als ich auf dem Rückweg ins Normandy Barrière soeben den Juwelier Dupont passierte, der für Sheila Nesbitt die Gravur entfernt hatte, blickte ich zufällig zur Auberge Rimbaud hinüber, in die ich am selben Tag Major Bishop hatte verschwinden sehen. Auch in diesem Moment entdeckte ich eine mir bekannte Person. Nur ging sie nicht in das Hotel hinein, sondern trat eben hinaus, und es handelte sich auch nicht um den Major, sondern um niemand anderen als Nigel Unsworth.

Kapitel 35

Zwanzig Minuten später betrat ich die Lobby des Normandy Barrière. Chief-Inspector Grover schien mich bereits ungeduldig zu erwarten, denn er kam eiligen Schrittes auf mich zu. »Es gibt eine neue Entwicklung«, raunte er mir zu und machte eine knappe Kopfbewegung zu Sheila Nesbitt, die etwas abseits stand und leichenblass war. »Kommen Sie!«

Zu dritt stiegen wir die Treppe hinauf und begaben uns zu Miss Nesbitts Zimmer, das sie mit zittrigen Fingern aufschloss. Wir traten ein und ich bemerkte einen seltsam vertrauten, süßlichen Geruch, der in der Luft hing. Umgehend verstand ich ihre Nervosität. Der Fußboden war voller Salz.

»Mich will man auch töten«, flüsterte sie mit weit aufgerissenen Augen.

»Nicht unbedingt«, wollte Grover sie beruhigen. »In Nigel Unsworths Zimmer lag ebenfalls Salz und er lebt.«

»Aber doch nur durch Glück«, rief Sheila Nesbitt mit dünner Stimme. »Weil die Statue ihn zufällig verfehlt hat. Vielleicht geschieht bereits in diesem Augenblick der nächste Anschlag. Dieser Wahnsinnige meint es ernst und er macht immer weiter!« Sie brach ab, weil ihr die Stimme versagte.

»Zumindest sollten Sie nicht unvorsichtig werden«, erwiderte Grover ruhig und deutete auf die offene Balkontür. »Da ist er reingekommen.«

»Ich begreife das alles nicht!«, brach es aus ihr hervor. »Was will man von mir? Wer steckt hinter all dem? Warum wird überall Salz verstreut?«

»Das ist kein Salz.« Ich hatte mich auf ein Knie niedergelassen, weil mir plötzlich klar geworden war, um was es sich bei dem Geruch im Zimmer handelte. Ich strich mit dem Finger durch die weiße Substanz auf dem Boden, um mich zu überzeugen, dass ich recht hatte, dann richtete ich mich wieder auf. »Das ist Puder.«

Kapitel 36

Es war schon mitten in der Nacht, als ich ins Hotel zurückkehrte. Während des Abendessens hatten Grover und ich weiter den Fall besprochen. Zunächst diskutierten wir ohne Ergebnis diverse Theorien darüber, warum nun – nach Major Bishop – auch Nigel Unsworth die Auberge Rimbaud aufsuchte und schließlich hatten wir uns in eine Diskussion darüber verrannt, wie der Mörder Clifford Marsh hatte umbringen können, obwohl sich dieser allein in seinem von innen verschlossenen Zimmer befunden hatte. Es gab einfach keine Erklärung dafür. Auch nach dem Essen – Grover war bereits in seine Absteige zurückgekehrt – konnte ich einfach nicht aufhören, in meinem Zimmer auf und ab zu laufen und darüber nachzugrübeln. Immer noch war ich davon überzeugt, dass das »Salz« auf dem Fußboden die Erklärung für alles war, aber das machte die Sache nur noch verwirrender.

Um auf andere Gedanken zu kommen, beschloss ich, das berühmte Spielcasino von Deauville aufzusuchen.

Es war im selben Jahr wie das Normandy Barrière erbaut worden (also im Jahre 1912), aber weitaus prachtvoller als jenes. Ich nahm an einem der nierenförmigen Tische Platz, an denen Chemin de fer gespielt wurde, und versuchte mein Glück. Nach etwa drei Stunden hatte ich genug verloren, damit sich das Casino ein weiteres Stockwerk leisten konnte und ich wanderte ziellos zwischen den verschiedenen Tischen umher. An einem der Baccarattische entdeckte ich zu meiner Überraschung Nigel Unsworth. Er war ganz ins Spiel vertieft und bemerkte mich nicht. Sein Gesicht war stark gerötet und er saugte an seiner Zigarette wie ein Verdurstender an einer Wasserflasche. Vor ihm stand ein kleiner Stapel Chips und sein ganzes Verhalten ließ darauf schließen, dass dieser Stapel vor einiger Zeit noch sehr viel höher gewesen war. Nun ist Verlieren eine Kunst für sich und nur die wenigsten unter uns beherrschen sie mit der angemessenen Würde. Nigel Unsworth gehörte eindeutig nicht zu diesem erlesenen Kreis. Er schwitzte wie ein Schwein, fuhr sich alle paar Augenblicke mit dem Taschentuch durchs Gesicht und blaffte den Croupier unfreundlich an, wenn er eine weitere Karte haben wollte. Es war peinvoll mitanzusehen und ich schämte mich, dass der Mann Engländer war. Mehr noch als das irritierte mich allerdings, wie leichtfertig der Mann mit seinem Geld umging. Immerhin handelte es sich bei ihm um den Prokuristen einer bedeutenden Firma und als solchem hätte man doch von ihm eine gewisse Vorsicht und Bedachtheit erwarten dürfen, doch davon war bei Unsworth nichts zu bemerken, er schien wie im Rausch. Dann überkam mich eine dieser modernen Anwandlungen, die mich glücklicherweise nur selten befällt. Selbstkritik. Vielleicht tat ich dem armen Mann Unrecht. Hatte er nicht allen Grund, der Realität zu entfliehen und sich in die Fänge des Spiels zu flüchten? Man hatte seinen Chef vergiftet, sein Zimmer durchsucht und es war keine vierundzwanzig Stunden her, dass er um Haaresbreite einem Mordanschlag entgangen war. So betrachtet konnte man ihm sein Verhalten kaum verdenken. Ich wandte mich ab, kümmerte mich nicht weiter um Dinge, die mich nichts angingen, und genoss an der Bar noch zwei recht gute Cocktails. Dann kehrte ich zurück ins Hotel, ging zu Bett und verfiel in tiefen traumlosen Schlaf.

Es musste etwa eine halbe Stunde vergangen sein, als ich erwachte. Ein Geräusch hatte mich geweckt. Ich blickte um mich und erstarrte. Im Schein des Mondlichts sah ich die geduckte Silhouette eines Mannes, der soeben vom Balkon aus mein Zimmer betrat. Mit einem Schlag war ich hellwach und völlig nüchtern. Ich sprang aus dem Bett und tastete in der Dunkelheit nach dem erstbesten Gegenstand, um mich zu verteidigen. Es war das Baguette, das ich am Morgen zuvor in Trouville-sur-Mere für meine dann doch nicht durchgeführte Weinprobe gekauft hatte. Zu meiner freudigen Überraschung stellte ich fest, dass es inzwischen steinhart geworden war. Außerdem lag es erstaunlich gut in der Hand. Aufgrund seiner Form eignete es sich hervorragend, um es als Fechtwaffe einzusetzen, und augenblicklich fühlte ich mich in meine Zeit in Eton versetzt, während der ich vier Jahre lang in Folge den dritten Platz bei der Meisterschaft im Säbelfechten gemacht hatte. Ich nahm Fechthaltung ein, stürzte mit zwei schnellen Ausfallschritten auf den Eindringling zu und versetzte ihm einen fürchterlichen Hieb auf den Kopf. Der Mann stöhnte auf, strauchelte und ging zu Boden, während ich meinem Schöpfer dankte, dass ich mich in diesem Moment in Frankeich aufhielt, denn mir war nur allzu bewusst, dass dies mit englischem Weißbrot nicht gegangen wäre.

Eben wollte ich zum entscheidenden Todesstoß ausholen, als ich zu meinen Füßen eine wimmernde Stimme vernahm. »Percy, ich bin's, Sweeney.«

»Sweeney?« Ich stutzte. Diese Stimme kam mir in der Tat bekannt vor. Und nachts in mein Zimmer einzusteigen, passte absolut zu den geschmacklosen Scherzen, für die Sweeney schon damals so berüchtigt gewesen war und als deren Opfer ich mehr als einmal hatte herhalten müssen. Insofern tat es mir nicht sonderlich leid, dass ich dem alten Schweinepriester eins mit dem Baguette übergebraten hatte, so etwas war schon lange mal fällig gewesen.

Ich machte Licht und erschrak. Mein alter Freund – damals rank und schlank – war unglaublich dick geworden. Offenbar eine unvermeidbare Folge seines jahrelangen Aufenthalts im Lande der fetten Soßen und süßen Desserts.

Ich legte das Baguette zur Seite und wandte mich an meinen Schulkameraden, der kleinlaut auf dem Boden saß und sich den Kopf rieb. »Bist du von allen guten Geistern verlassen, mitten in der Nacht in mein Zimmer einzubrechen? Es hätte nicht viel gefehlt und ich hätte dich getötet.«

Sweeney grinste schief. »Was hast du erwartet, Jack? Der Tag geht, Johnny kommt.«

Das amüsierte mich. Es musste an die zwanzig Jahre her sein, seit mich jemand zum letzten Mal Jack genannt hatte. Der Name ging zurück auf meine Zeit in Eton, als Sweeney, Alistair »Pickelgesicht« Edwards (heute Staatssekretär im Innenministerium) und meine Wenigkeit als der *Club der Teufelsbrüder* den Campus unsicher gemacht hatten. Wir waren die ganze Sache mit dem gebotenen Ernst angegangen. In einer feierlichen Zeremonie hatten wir uns um Mitternacht auf dem Friedhof mit einer Nadel in den Finger gepikst und im Angesicht unseres Blutes gelobt, dass unser altes Ich tot sei und wir von diesem Augenblick an bis in alle Ewigkeit nur noch unter unseren neuen Namen bekannt sein wollten. Sweeney war Johnny, ich war Jack und Alistair hieß nun Jim. Auf diese Weise huldigten wir den drei heiligen Männern, die zu jener Zeit den größten Einfluss auf uns ausübten: Johnny Walker, Jack Daniels und Jim Beam.

Insofern hatte Sweeney recht: Ersterer war ja in der Tat dafür bekannt, zu kommen, wenn der Tag ging. Lachend half ich ihm auf die Beine. Sweeney grinste. »Ein kleiner Ulk wie in alten Tagen. Außerdem hab ich dir doch ein Telegramm geschickt, in dem ich mein Kommen für heute Abend ankündigte. Hast du das nicht bekommen?«

Ich zuckte zusammen. Das musste das Telegramm gewesen sein, dass ich ungelesen weggeworfen hatte. »Nein, nichts bekommen«, log ich ein wenig schuldbewusst. »Du weißt ja, die französische Post …!« Ich machte eine vielsagende Handbewegung.

»Immer noch kein Grund, so über den alten Johnny herzufallen.«

Sweeney rieb sich stöhnend den Schädel, auf dem sich mittlerweile eine prächtige, rot leuchtende Beule bildete. Er konnte einem fast leidtun. Nachsichtig klärte ich ihn darüber auf, was sich in den letzten Tagen zugetragen hatte und weshalb sein Einbruch in mein Zimmer bei mir eine so heftige Reaktion hervorgerufen hatte. Sweeney lauschte mit weit aufgerissenen Augen und flüsterte ein ums andere Mal ehrfürchtig »üble Sache« und »Teufel auch«, während er von einem Entsetzen ins nächste fiel. Als ich geendet hatte, bestürmte er mich mit einer Flut von Fragen, die ich so gut ich konnte beantwortete. Da sich die Sache in die Länge zog, erkannte ich irgendwann, dass es sich geradezu anbot, unser Gespräch mit der am Vorabend ausgefallenen Weinprobe zu kombinieren, was wir auch umgehend in die Tat umsetzten. (Strenggenommen war es keine korrekte Weinprobe, da wir nicht probierten, sondern tranken und zwischen den verschiedenen Weinen auch kein Brot zur Gaumenberuhigung hatten. Möglicherweise hätte man durch gründliches Kauen das hart gewordene Baguette dennoch verwenden können, aber da es mir als Waffe so gute Dienste geleistet hatte und die Zeit – was seine Härte anging – immer weiter für mich arbeitete, beschloss ich, es zu diesem Zweck gegen Übeltäter jeglicher Art weiter in Bereitschaft zu halten.)

Es war bereits vier Uhr morgens – neun leere Flaschen kullerten lustig auf dem Boden herum und die Luft im Zimmer bestand aus hundert Prozent reinem Tabakqualm – als Sweeney sich in bester Stimmung auf den Weg zu seinem Zimmer machte. Ich ließ mich in den Korbstuhl auf meinem Balkon fallen und zündete mir eine Gauloises an. Der gute alte Sweeney, wie hatte ich ihn vermisst. Dann fiel ich in einen tiefen Schlaf, aus dem ich erst kurz vor zehn wieder erwachte.

Kapitel 37

Als ich den Speisesaal betrat, waren die meisten Tische bereits verwaist. Ich sah mich nach Chief-Inspector Grover und nach Sweeney um, konnte sie aber nicht entdecken. Ich vermutete, dass Grover zur üblichen Zeit dagewesen und unverrichteter Dinge wieder abgezogen war und dass Sweeney immer noch im bacchantischen Koma lag. Mir war es durchaus recht. Ich war müde und überdies hungrig wie ein Proletarier, so dass mir der Sinn nicht nach Konversation stand.

Erst als ich mein bereits zweites Croissant in den Café au Lait tunkte, begann ich, meine Umwelt ein wenig wahrzunehmen. An einem der Tische saß Tallulah Quayle, die mich glücklicherweise bislang übersehen zu haben schien, und an einem anderen entdeckte ich Nigel Unsworth, der anscheinend noch müder war als ich. Zusammengesunken und mit dicken Augenringen saß er da und rührte trübsinnig in seiner Tasse herum. Ich vermutete, dass er noch lange im Casino geblieben war und auch noch den Rest seiner Chips verloren hatte.

Nachdem ich auch noch ein drittes Croissant verspeist hatte, erhob ich mich. Der Zufall wollte es, dass auch Nigel Unsworth im selben Moment aufstand. Da ich nichts Besseres vorhatte, beschloss ich, dies als Omen zu nehmen und ihm zu folgen, immerhin hatte sein gestriges Spielverhalten ihn auf meiner Liste der Verdächtigen wieder auf einen der vordersten Plätze befördert. Vielleicht würde er ja wieder die Auberge Rimbaud aufsuchen und sich dort möglicherweise mit einem Komplizen treffen. Außerdem entdeckte ich nun, dass er einen verdächtigen Gegenstand in der Hand trug, den ich nicht genau erkennen konnte. Während ich ihm langsam zur Tür des Speisesaals folgte, bemerkte ich plötzlich Tallulah Quayle, die mich aufmerksam ansah und den ganzen Vorgang offensichtlich durchschaut hatte. Mit ihrem dürren Zeigefinger winkte sie mich heran. Da ihr Tisch ohnehin auf dem Weg zur Tür lag, blieb mir nichts anders übrig, als der Aufforderung widerstrebend Folge zu leisten. Mit einem knappen Nicken trat ich an ihren Tisch. Sie schien mich mit ihren Blicken geradezu durchbohren zu wollen. »Ich weiß, was Sie glauben, Lord Danby, aber Sie irren sich.«

Ich warf einen nervösen Blick zur Tür. »In Bezug worauf?«

»Nigel Unsworth. Sie verfolgen ihn doch gerade, oder nicht?«

»Was wenn?«

»Er *ist* nicht der Mörder von Sir Horace.«

»Woher wollen Sie das wissen?«

»Es steht deutlich in den Teeblättern.« Zum Beweis hielt sie mir ihre Tasse hin, die bis auf einen Bodensatz von Teeblättern leer war. »Überzeugen Sie sich selbst.«

»Ich verstehe nichts von diesen Dingen.«

»Aber ich.«

»Gut, ich werd's mir merken. Und nun entschuldigen Sie mich bitte.« Ehe sie etwas erwidern konnte, ließ ich sie sitzen, stürzte aus der Tür und sah eben noch, wie Unsworth das Hotel verließ. Ich setzte meine Baskenmütze auf, trat ins Freie und folgte ihm in großem Abstand. Nach etwa zehn Minuten befanden wir uns im Park. In der Nähe einer sprudelnden Fontäne ließ sich Unsworth auf eine Bank nieder und widmete sich dem verdächtigen Gegenstand, der sich jetzt als Buch entpuppte. Etwa zwanzig Minuten lang beobachtete ich ihn, dann gab ich es auf. Entweder er las wirklich aus reinem Vergnügen in dem Buch, oder er hatte mich entdeckt und tat nur so. In beiden Fällen würde er nichts unternehmen, was der Beschattung wert wäre. Dann musste ich an Tallulah Quayle denken. Sie hatte aus den Teeblättern gelesen, dass Unsworth nichts mit dem Mord an Sir Horace zu tun hatte. Natürlich glaubte ich nicht, dass man so etwas aus dem Bodensatz einer Tasse lesen konnte, aber andererseits – hatte sie nicht bereits mehrmals mit ihren Prophezeiungen ins Schwarze getroffen? Möglicherweise hatte sie auch diesmal wieder recht. Verstimmt machte ich mich auf den Rückweg zum Hotel.

Ich war noch nicht weit gekommen, als ich ein sonderbares Kribbeln im Rücken verspürte. Irgendetwas stimmte nicht. Dann wusste ich, was es war. Ich konnte es geradezu körperlich fühlen – ich wurde verfolgt. Ohne mir etwas anmerken zu lassen, schlenderte ich weiter und blieb vor dem Schaufenster einer Konditorei stehen. In der Scheibe betrachte ich aufmerksam alles, was sich hinter mir befand. Zunächst konnte ich nichts Besonderes entdecken, doch dann sah ich es. In etwa fünfzig Yards Entfernung stand der Mann, der Grover und mir am Tag zuvor beim Frühstück aufgefallen war und den ich später am Tag vor dem Boule-Laden gesehen hatte. Nun nahm ich ihn genauer ins Visier. Der Mann war schlank, unauffällig und hatte schwarzes Haar, was mich darauf schließen ließ, dass es sich um einen Franzosen handelte, und mich keineswegs überraschte; im Grunde war von Anfang an klar gewesen, dass hinter all diesen abscheulichen Taten unmöglich ein Brite stecken konnte. Ich überlegte, dann hatte ich eine brillante Idee. In aller Ruhe schlenderte ich weiter, bis ich nach einigen Minuten das Bistro erreichte, in dem Grover und ich von Lady Avondale abgehängt worden waren. Gemächlich betrat ich das Etablissement, doch kaum hatte sich die Tür hinter mir geschlossen, rannte ich, so schnell ich konnte, los und bevor jemand etwas sagen konnte, war ich durch die Hintertür verschwunden. Eilig umrundete ich den ganzen Häuserblock und kam sechzig bis siebzig Yards von der Stelle wieder auf die Straße, von der aus Grover und ich das Bistro beobachtet hatten und von wo dies nun auch mein Verfolger tat. Mein Plan war so simpel wie genial: Nun würde ich den Spieß umdrehen und meinen Verfolger verfolgen. Mit etwas Glück würde er mich zu der Person führen, die der Verursacher all dieser Verbrechen war. Ich verbarg mich, so gut es ging, hinter einer Platane, von denen praktischerweise alle paar Yards eine herumstand, und wartete.

Offenbar hatte der Mann mehr Geduld als Grover und ich. Er harrte fast eine Stunde aus, bevor er das Bistro betrat, um nach meinem Verbleib zu forschen. Ein paar Augenblicke darauf hastete er wieder auf die Straße. Er wirkte ratlos. Dann schien er eine Entscheidung getroffen zu haben. Entschlossenen Schrittes ging er die Straße hinunter. Ich folgte ihm vorsichtig, indem ich von Platane zu Platane huschte. Etwa zwanzig Minuten folgte ich ihm durch die Stadt, wobei ich mich hinter allem verbarg, was zur Verfügung stand: Plakatsäulen, Passanten und Postkästen. Schließlich bog er in eine lange, schmale Gasse ein, die menschenleer war. Ich erkannte mit einem Blick, dass es darin keine Möglichkeit gab, mich zu verstecken. Sollte sich der Mann in der Gasse umdrehen, würde er mich augenblicklich entdecken. Schnell entschlossen wiederholte ich mein Bistro-Manöver und rannte außen um den Häuserblock herum. Keuchend verbarg ich mich hinter einem geparkten Automobil und lauerte darauf, dass der Mann aus der Gasse herauskommen würde. Ich wartete eine Minute und dann noch eine. Niemand kam. Nun gab es zwei Möglichkeiten: Entweder hatte der Mann die Gasse bereits durchquert und war verschwunden oder er hatte eines der Gassengebäude betreten. Möglicherweise, um sich dort mit seinem Auftraggeber zu treffen. Im ersten Fall hatte ich ihn verloren, im zweiten Fall gab es vielleicht noch irgendeine Möglichkeit. Möglicherweise zeigte er sich an einem Fenster oder ich könnte ihn beim Verlassen des Hauses beobachten. So mager diese Aussichten waren, ich musste es zumindest versuchen. Ich verfluchte mich, dass ich so lange gewartet hatte, und eilte um die Häuserecke herum in die Gasse.

Mit einem Ruck blieb ich stehen, denn ich war gegen meinen Verfolger geprallt, der offenbar eben dabei war, um die Ecke zu spähen. Offenbar waren meine Verfolgungskünste nicht gut genug gewesen, um nicht bemerkt zu werden. Ein oder zwei Augenblicke lang starrten wir uns nur an. Ein Gefühl der Panik überkam mich. Mein kampferprobtes Baguette lag in meinem Zimmer und auch sonst führte ich keinerlei Waffen mit mir. Was hatte der Mann vor – nun, da er wusste, dass ich ihn verfolgt hatte? In einer plötzlichen Aufwallung beschloss ich, die Flucht nach vorn anzutreten. Meine rechte Hand fuhr in die Seitentasche meines Jacketts und mit dem Zeigefinger deutete ich durch den Stoff auf den Bauch des Mannes. Meiner Stimme versuchte ich, einen rauen Klang zu geben, was mir dank des tagelangen Gauloises-Konsums auch recht gut gelang. »Ganz ruhig, Freundchen«, stieß ich zwischen meinen Zähnen hervor, während ich ihn mit stählernen Blicken durchbohrte. »Keine unbedachten Bewegungen, verstanden? Du wärst nicht der Erste, den ich umlege.«

Der Mann erbleichte und schielte auf meine ausgebeulte Jackentasche. Ich versetzte ihm einen Stoß gegen die Brust und drückte ihn gegen die Hauswand. Mein Blick wurde noch um einige Grade tödlicher. »Und nun wirst du mir erzählen, wer …«

In diesem Moment trat ein älteres Paar aus dem Haus. Erschrocken sah es zu uns hinüber. Der Mann erkannte seine Chance, riss sich los und rannte davon. Mir blieb nichts übrig, als dem Paar lächelnd zuzuwinken und mich dann in entgegengesetzte Richtung aus dem Staub zu machen.

Kapitel 38

Nachdem ich noch etwa eine Stunde erfolglos kreuz und quer durch die Stadt geirrt war, gab ich es auf. Der Mann war und blieb verschwunden. Als ich ins Hotel zurückkehrte, schienen die meisten Gäste ihr Souper offenbar schon beendet zu haben, denn der Speisessaal war halb leer. An einem Tisch sah ich Sweeney, der mich auch sogleich entdeckte und zu sich winkte. »Setz dich zu mir, Jack«, rief er schon von weitem. »Ich habe bereits gegessen«, er deutete auf ein leeres Dessertschälchen vor sich, »aber ich leiste dir gern Gesellschaft, während du isst.«

Ich nahme Platz und studierte die Speisekarte. Während ich bei Jacques oder Jean bestellte, kicherte Sweeney in sich hinein. Kaum war Jacques oder Jean mit meiner Bestellung verschwunden, beugte sich Sweeney verschwörerisch vor. »Mit diesem Kellner hat es eine besondere Bewandtnis. Ich wette um fünfhundert Franc, dass du nicht erraten kannst, was es ist.«

»Die Wette gilt«, sagte ich sofort. »Es sind zwei. Zwillinge. Jacques und Jean. Offenbar hast du bereits Julius C. Hartford kennengelernt.«

Sweeney stutzte und sah einen Moment lang ungläubig drein. Dann lachte er. »Ein unglaublich netter Bursche, nicht wahr?«, rief Sweeney, während er mir einen Fünfhundertfrancschein (der etwa ein britisches Pfund wert war) auf den Tisch legte. »Er hat wohl gesehen, dass ich ein neuer Hotelgast bin, und mich angesprochen. Ausgezeichneter Weinkenner übrigens. Hat mir ein paar hochinteressante Geschichten aus Amerika erzählt. Bin nachher noch mit ihm zum Billard verabredet. Ich hoffe, das kränkt dich nicht, ich wusste ja nicht, wo du warst und wann du wiederkommst.«

»Nur keine Umstände, Johnny«, winkte ich ab. »Ich hab auch noch einiges zu erledigen.«

Nach dem Souper rief ich in Grovers Hotel an, aber der Concierge teilte mir mit, dass er ausgegangen sei. Ich ging auf mein Zimmer und entnahm einem der zwölf Boulesets, die ich mir hatte liefern lassen, eine Kugel und machte mich auf den Weg zum hoteleigenen Bouleplatz. Ein kleines Spielchen nach dem Mittagessen würde genau das richtige sein, um die Gedanken zu ordnen. Doch offenbar hatte ich die falsche Zeit erwischt, denn ich fand den Platz verwaist vor. Aber vielleicht war es so sogar noch besser. Auf diese Weise konnte ich dabei in Ruhe nachdenken. Ich warf eine Zehnfrancmünze als Ziel in den Sand und begann mit meinen Wurfübungen, während ich vor allem über meinen Verfolger nachdachte. Wer war das und zu welchem Zweck verfolgte er mich? Nach etwa einer Stunde fruchtlosen Grübelns hörte ich eine vertraute Stimme hinter mir. »Ach, hier sind Sie.«

Es war Grover, der mich wohl schon überall gesucht hatte. Missmutig betrachtete er mein Treiben und forderte mich auf, mich mit ihm auf die Hotelterrasse zu setzen und etwas zu trinken.

Etwas widerstrebend hob ich mittels meiner Magnetschnur die Kugel auf und folgte ihm zur Terrasse. Zum Glück, wie ich rückblickend sagen muss. Wusste ich doch zu diesem Zeitpunkt noch nicht, dass sich bereits wenige Minuten später etwas überaus Außergewöhnliches ereignen würde. Kurz darauf nahmen wir an einem der Tische Platz und ich erzählte Grover von meinem morgendlichen Abenteuer und wie ich meinen Verfolger trickreich eingeschüchtert hatte. Dann kam der Kellner. Ich weiß nicht mehr, was Grover bestellte, aber ich bestellte einen Tee und – da das Mittagessen noch nicht lang zurücklag – erkundigte ich mich, ob es nicht auch einen Kuchen für Gäste mit wenig Hunger gäbe.

»Oui Monsieur!«, erwiderte der Kellner. »Une Madeleine.«

Auf gut Glück bestellte ich das mir unbekannte Gebäck. Bald darauf brachte der Kellner das Bestellte, eine Art weichen Keks, der wie eine Muschel geformt war.

Neugierig nahm ich einen Bissen und war angenehm überrascht. Nichtsahnend trank ich einen Schluck Tee. Dann geschah es. In der Sekunde, als dieser mit dem Geschmack des Kuchens vermischte Schluck Tee meinen Gaumen berührte, fuhr ich zusammen und war wie gebannt durch etwas Außergewöhnliches, das sich in meinem Inneren vollzog.

Plötzlich hoben sich die Schleier hinweg, die über allem gehangen hatten und der ganze Fall lag klar zutage. Mit einem Ruck wandte ich mich zu Grover. »Sie werden es nicht glauben, aber ich weiß nun, wie sich alles zugetragen hat. Der Mörder ist niemand anderes als …«

»Lord Danby?«, hörte ich eine mir bekannte Stimme hinter mir sagen. Ich wandte mich um und erblicke Capitaine Cabillaud und zwei Gendarmen, die mir irgendwie seltsam vorkamen. Jeglicher Charme war aus Cabillauds Gesicht gewichen. »Kommen Sie bitte mit. Sie sind verhaftet.«

Erstaunt blickte ich ihn an. »Wie bitte? Weshalb?«

Capitain Cabillaud richtete sich zu voller Größe (was, wie bei den meisten Franzosen, nicht allzu viel war) auf. »Wegen der Morde an Horace Avondale und Clifford Marsh.«

Es mag den Leser überraschen, aber meine erste Reaktion auf diese ernsten Anschuldigungen war – Erleichterung. Ganz recht! Da ich ja wusste, dass ich unschuldig war, lag es auf der Hand, dass Capitaine

Cabillaud noch meilenweit von der richtigen Lösung entfernt war, was mir eingedenk meiner Wette mit Julius C. Hartford nur äußerst willkommen sein konnte.

Meine zweite Reaktion war durchaus auch etwas Sorge, denn so angenehm ist es nun auch nicht, des zweifachen Mordes beschuldigt zu werden, zumal im Ausland, wo kein englisches Recht gilt und man als Angehöriger der Aristokratie nicht immer die gebührende Vorzugsbehandlung erhält.

Chief-Inspector Grover erhob sich und protestierte, doch Cabillaud schnitt ihm mit einer Handbewegung, die bemerkenswerte Ähnlichkeit mit der tadellosen Funktion einer Guillotine hatte – wenn auch in diesem Fall waagerecht statt senkrecht – das Wort ab. Man brachte mich zu einem Automobil, wo ich zwischen dem Capitaine und einem Gendarm auf der Rückbank Platz nehmen musste. Der andere Gendarm setzte sich ans Steuer und wir fuhren los. Nach etwa zehn Minuten erreichten wir die Gendarmerie von Trouville-sur-Mer, die ich schon kannte, und ich wurde in Cabillauds Bureau geführt, wo wir beide Platz nahmen. Er hinter seinem Schreibtisch, ich davor. Die beiden Gendarmen nahmen hinter mir bei der Tür Aufstellung. Der Capitaine zupfte seine Manschetten zurecht, dann wandte er sich in aufgeräumtester Stimmung an mich: »Nun Monsieur, was haben Sie mir zu sagen?«

»Nichts. Außer, dass ich unschuldig bin.«

»Bon.« Meine Antwort schien ihn zu erfreuen. Genüsslich schlug er eine Akte auf. »Fangen wir mit den kleineren Dingen an. Punkt Numéro un: Sie sind genau wie Horace Avondale und Clifford Marsh Engländer.«

»Das ist gewiss kein Verbrechen. Im Gegenteil!«

»Sicherlich. Aber es ist ein erstes kleines Indiz, das in Ihre Richtung deutet, Monsieur Danby.«

»Entscheidend ist doch: Ich kannte zuvor weder Avondale noch Marsh. Und ›Lord Danby‹, wenn ich bitten darf.«

Capitaine Cabillauds hageres Gesicht verzog sich zu einem dünnen Lächeln. »Glauben Sie mir, damit tun Sie sich in Frankreich keinen Gefallen. Ganz und gar nicht.«

Ich schluckte. Grover hatte recht gehabt. Die Französische Revolution schien ihre langen Schatten immer noch in die Gegenwart zu werfen und aus jedem Franzosen so eine Art Revolutionär in Reserve zu machen, der jederzeit bereitstand, gegen den Adel zu den Waffen zu greifen.

»Dass Sie und die Opfer Engländer sind, macht es jedenfalls wahrscheinlicher, dass Sie der Mörder sind, als irgendein Franzose.«

»Dann sind also alle Engländer in Deauville automatisch verdächtig?«, erwiderte ich mit bitterer Ironie.

»Nein, nur die, welche auf der Cocktailparty von Horace Avondale waren, so wie Sie! Numéro deux.«

»Das waren außer mir noch zahlreiche andere.«

»Wohnten die auch alle auf derselben Hoteletage wie Clifford Marsh? Numéro trois.«

»Einige schon und außerdem, was hat das schon groß zu bedeuten?«

Cabillaud legte genüsslich die Fingerspitzen aneinander. »Sie haben recht, Monsieur. Für sich genommen hat es nicht viel zu sagen. Es ist nur ein weiteres Indiz, ein kleines Mosaiksteinchen, die aber alle zusammengenommen ein Bild ergeben.«

»Was denn für ein Bild, zum Teufel nochmal? Ich versuche bekanntlich, den Fall aufzuklären. Das spricht wohl kaum dafür, dass ich selbst der Täter bin.«

»Und eben weil es kaum dafürspricht, tun Sie es. Ein raffinierter Schachzug, das muss ich wohl zugeben. Auf diese Weise lenken Sie jeden Verdacht von sich ab. Die Frage, die sich mir allerdings stellt, ist, warum ermitteln Sie *überhaupt*?« Sein manikürter Zeigefinger glitt über ein Papier in seiner Akte. »In Ihrer ersten Vernehmung gaben Sie an, hier Urlaub zu machen. Und soeben sagten Sie, dass Sie Avondale und Marsh gar nicht kannten. Es gibt also keinen denkbaren Grund für Sie, in dieser Sache zu ermitteln, es sei denn, um selbst unschuldig zu wirken. Numéro quatre.«

»Der Grund hierfür ist ein völlig anderer. Ich habe mit jemandem gewettet.«

»Gewettet?« Capitaine Cabillauds Augenbrauen hoben sich mit skeptischem Interesse.

Ich zögerte. »Nun, wenn Sie es denn unbedingt wissen wollen, ich habe gewettet, dass ich den Fall vor Ihnen aufklären kann.«

»Vor mir?«

»Ja.«

Capitaine Cabillaud spitzte affektiert die Lippen. »Bitte erklären Sie mir, Monsieur: Warum sollte ein Engländer, in Frankreich, der zudem ein absoluter Amateur ist auf dem Gebiet der Kriminalistik, wetten, dass er einen Fall schneller aufklärt als ein erfahrener Capitaine der Gendarmerie? Das ergibt nicht den geringsten Sinn.«

»Dennoch verhält es sich so.«

»Um was haben Sie gewettet?«

»Um zehntausend Pfund.«

Cabillaud lachte hell auf. »Nun ist endgültig klar, dass Sie lügen. Zehntausend Pfund, dass Sie den Fall schneller aufklären als ich – grotesk! Ich muss sagen, ich hätte Sie für einen besseren Lügner gehalten, Monsieur. Und somit wären wir bei Mosaiksteinchen Numéro cinq. Kommen wir zu Numéro six: Die herabfallende Statue. Ausgesprochen raffiniert durchgeführt. Die Kerze, die das Seil durchbrannte, so dass sie auf Monsieur Unsworth kippen musste.«

»Der überlebt hat.«

»Durch puren Zufall.«

»Sie vergessen, dass ich selbst an dem Tisch saß, auf den die Statue niederfiel.«

»Ebenfalls Zufall. Wir haben festgestellt, dass Monsieur Unsworth Sie und Monsieur Grover zu sich an den Tisch eingeladen hat. Da brannte das Seil über ihren Köpfen schon. Natürlich hätten Sie die Einladung unter einem Vorwand leicht ablehnen können, doch wahrscheinlich erkannten Sie in diesem Moment die Gelegenheit, die sich Ihnen bot. Indem Sie selbst dort saßen – natürlich die Statue aus dem Augenwinkel beobachtend – konnten Sie jeden Verdacht von sich ablenken. Überaus durchtrieben, das muss ich wohl zugeben.«

Ich maß Capitaine Cabillaud mit einem vernichtenden Blick. »Das sind alles nur Vermutungen.« Ich erhob mich. Es war an der Zeit, dieser Farce ein Ende zu machen. »Was Ihnen fehlt, sind Beweise, und solange …«

Cabillaud hieb mit der Faust auf den Tisch. »Setzten Sie sich, Monsieur! Augenblicklich!« Seine Augen sprühten in geradezu robespierreschem Zorn.

Ich setzte mich vorsichtshalber.

»Sie wollen Beweise, Monsieur? Die sollen Sie haben!« Er zog ein Papier aus seiner Mappe und hielt es mit zwei Fingern hoch in die Luft. »Numéro sept. Der Brief, den Sie erhalten haben wollen. Von dem wahren Mörder. Angeblich geschrieben von einem Franzosen, nur merkwürdig, dass sich darin fast alle Accents an die falsche Stelle befinden. Diesen Brief haben Sie selbst verfasst, Monsieur, um mich zu täuschen.«

Ich rutschte unbehaglich auf meinem Stuhl hin und her. »Zugegeben, aber wie schon gesagt, es ging um die Wette …«

»Ah, die angebliche Wette um eine Million Pfund.«

»Zehntausend. Jedenfalls konnte ich nicht zulassen, dass Sie den Fall vor mir aufklären, daher diese kleine List, um …«

»Kleine List? Irreführung der Behörden! Ein sehr ernstes Verbrechen, Monsieur. Ein sehr ernstes!« Cabillaud schien kurz davor, zu explodieren, ich hielt es für angeraten, mich ein wenig reumütig zu zeigen. »Es tut mir leid, Capitaine, ich bin gerne bereit, für diesen unüberlegten Streich eine Geldstrafe zu zahlen. Aber ich stelle noch einmal fest, dass ich niemanden ermordet habe.«

»Ach ja? Sind Sie da sicher?«

»Absolut.«

»Interessant. Dann stellt sich mir allerdings die Frage, warum Sie dies selbst zugegeben haben.«

Ich lachte. »Das habe ich nie.«

»Doch Monsieur, Sie haben.«

»Wann soll das gewesen sein?«

»Heute Vormittag. Elf Uhr neunundvierzig, wenn Sie es ganz exakt wissen wollen. Habe ich recht, Gendarm Pêcheur?«

Hinter mir hörte ich eine Stimme. »Oui, Monsieur.«

Ich drehte mich um und erstarrte. Jetzt wurde mir klar, warum mir die beiden Gendarmen so seltsam vorgekommen waren. Ich kannte sie. Es handelte sich um meine Verfolger.

»Ich hatte Sie von dem Moment an in Verdacht, als Sie mir den gefälschten Brief gaben«, erklärte Cabillaud ruhig. »Daher habe ich Sie beschatten lassen. Nachdem Sie Gendarm Ricard entdeckt hatten, ließ ich ihn von Gendarm Pêcheur ablösen, und ihm gegenüber erklärten Sie heute Mittag um elf Uhr neunundvierzig wortwörtlich«, Capitaine Cabillaud zog ein weiteres Blatt aus seiner Mappe zu Rate, »Zitat: Du wärst nicht der Erste, den ich umlege. Zitat Ende. Und das wäre Indiz Numéro huit, Monsieur. Pardon, Eure Lordschaft.«

Kapitel 39

Das Leben im Gefängnis ist die Hölle und meine Zeit hinter Gittern, in einer winzigen verdreckten Zelle, waren die qualvollsten zwanzig Minuten meines ganzen Lebens. Dann wurde ich wieder in Capitaine Cabillauds Bureau geführt, in dem sich inzwischen auch Chief-Inspector Grover eingefunden hatte. Nachdem Grover zu Protokoll gegeben hatte, dass er mich seit Jahren kenne und ich die Ehrbarkeit in Person sei, sowie, dass ich unmöglich die Statue zum Absturz gebracht haben konnte, weil er zuvor die ganze Zeit mit mir zusammen gewesen war und dass überdies mein angebliches Mordgeständnis nichts weiter als ein Bluff gewesen sei, um einen vermeintlich gefährlichen Verfolger einzuschüchtern, begann Cabillaud, die Dinge nun anscheinend in einem etwas milderem Licht zu betrachten, ja, er schien fast schon geneigt, die Vorwürfe gegen mich fallen zu lassen, doch dann verfinsterte sich sein Gesicht erneut. »Es bleibt immer noch der gefälschte Brief, mit dem Sie mich für dumm verkaufen wollten. Das ist eine verdammt ernste Angelegenheit.«

Ich nickte reumütig. Da meine Wette mit Hartford eine Beleidigung von Cabillauds Fähigkeiten darstellte, er mir glücklicherweise jedoch ohnehin nicht glaubte, dass die Wette überhaupt existierte, hatte ich mir in meiner Zelle inzwischen eine Geschichte zurechtgelegt, von der ich hoffte, dass sie den französische Geschmack eher treffen würde. »Nun, um die Wahrheit zu sagen«, log ich mit täuschend echt dargestellter Zerknirschung, »Sie haben mich durchschaut. Diese Wette gibt es nicht. Es wäre ja auch vollkommen verrückt, ja geradezu lachhaft, mein Geld darauf zu setzen, dass ich einem Mann mit Ihrer Erfahrung beim Ermitteln auch nur entfernt das Wasser reichen oder Sie gar übertreffen könnte, nein, der wahre Grund, warum ich Sie in die Irre führte, Capitaine, nun – es war ein dummer Streich, mit dem ich eine reizende junge Dame beeindrucken wollte.«

Ein Lichtstrahl schien über Cabillauds Züge zu gleiten. Das war etwas, das er ohne Weiteres nachvollziehen konnte. Er blickte mich mit gutmütiger Strenge an. »Aber warum haben Sie das denn nicht gleich gesagt, statt mir diese lächerliche Wettgeschichte aufzutischen? Sie hätten sich und mir einige Zeit gespart.«

Er klopfte mir jovial auf die Schulter und wir schüttelten uns die Hände.

Kapitel 40

Die Yacht von Sir Horace glitzerte geheimnisvoll im Schein des Mondes und wie die Caledonia da einige hundert Yards vor dem Hafen von Deauville unschuldig auf dem Wasser schaukelte, hätte man beinahe glauben können, sie sei niemals fort gewesen.

Über eine Stunde und die Aufbietung meiner sämtlichen Überredungskünste hatte es mich gekostet, Capitaine Cabillaud meine durch Madeleinegebäck und Tee hervorgerufene Erleuchtung zu erklären und ihn davon zu überzeugen, dass es zumindest einen Versuch wert sei, die Caledonia an ihre ursprüngliche Position zurückbringen zu lassen, um dort die Vorgänge des verhängnisvollen Abends, der Sir Horace Avondale das Leben gekostet hatte, zu rekonstruieren.

Es war etwa drei Stunden später, als ein Motorboot der Gendarmerie im Hafen von Deauville ablegte, um zur Yacht überzusetzen. An Bord befanden sich neben Capitaine Cabillaud, dem Gendarm Ricard, Chief-

Inspector Grover und mir die anderen vier Personen, um deren Anwesenheit ich Cabillaud gebeten hatte: Lady Arleen Avondale, Sheila Nesbitt, Major Terry Bishop und Nigel Unsworth. Der Fahrtwind blies uns heftig ins Gesicht und ich hielt meine Baskenmütze fest, um nicht zum dritten Mal meine Kopfbedeckung einzubüßen. Auf allen Gesichtern lag eine unübersehbare Anspannung und niemand sah die anderen an.

Major Bishop blickte mit Interesse auf den Gegenstand zwischen meinen Füßen, den er wahrscheinlich für eine Kanonenkugel hielt, auch wenn es sich lediglich um meine Boulekugel handelte, die ich zum Zeitpunkt meiner Verhaftung bei mir gehabt hatte.

Wenige Minuten später gingen wir an Bord und einige Augenblicke später befanden wir uns alle wieder in dem luxuriösen Saal, in dem eine Woche zuvor die verhängnisvolle Cocktailparty stattgefunden hatte. Das Essen und die Getränke waren inzwischen verschwunden, aber ansonsten war alles im ursprünglichen Zustand belassen worden, selbst das vom Normandy Barrière ausgeliehene Geschirr stand immer noch da. Etwas unsicher nahmen unsere Verdächtigen Platz.

Schließlich wandten sich alle Blicke zu Capitaine Cabillaud, doch der erklärte, dass er zu diesem Zeitpunkt lediglich als Beobachter anwesend sei, und übergab das Wort an mich. Ich bedankte mich, legte die Boulekugel auf dem Tisch neben mir ab und begann wie folgt: »Ladies und Gentlemen, ich danke Ihnen, dass Sie alle gekommen sind. Wie Sie wissen, haben Chief-Inspector Grover und ich in den letzten Tagen einige Anstrengungen unternommen, die geheimnisvollen Vorgänge aufzuklären, die um uns herum vorgegangen sind, und ich darf nun verkünden: mit Erfolg. Es ist nun vollkommen klar, wer von Ihnen dabei welche Rolle gespielt hat.«

Ich blickte um mich und sah auf den Gesichtern die verschiedensten Regungen: Neugier, Ungläubigkeit, Misstrauen und Angst. Was ich nirgendwo entdecken konnte, war Freude oder Erleichterung. Ich hatte es nicht anders erwartet. »Wenn Sie erlauben«, fuhr ich fort, »werde ich mit dem Motiv beginnen, das zum Tod von Sir Horace führte und dazu muss ich zunächst von den Ereignissen sprechen, die sich *nach* seinem Tod ereignet haben. Denn erst muss man das eine verstehen, um das andere zu begreifen. Zu Beginn muss ich leider feststellen, dass wir es bei unseren fünf Hauptverdächtigen – mit der löblichen Ausnahme von Clifford Marsh – mit einer Ansammlung von Lügnern zu tun haben.«

Lady Avondale wandte sich indigniert ab, Major Bishop streckte stolz das Kinn vor, während Sheila Nesbitt rot anlief und Nigel Unsworth mir empörte Blicke zuwarf. Allgemeiner Protest erhob sich. Ungerührt erhob ich die Hand, bis wieder Ruhe eingetreten war. Dann setzte ich meine Ausführungen fort. »Von Anfang an hatten wir es hier mit einer Reihe von

Täuschungsmanövern zu tun, die darauf abzielten, gewisse Geheimnisse zu verschleiern. Von vergleichsweise harmlosen Geheimnissen wie Liaisons zwischen Personen, die eigentlich keine haben sollten, bis hin zu Mord. Dabei waren zehn Fragen von entscheidender Bedeutung. Erstens: Weshalb ließ Sheila Nesbitt eine Gravur aus einem Ring entfernen? Zweitens: Was machten Major Bishop und später Nigel Unsworth in der Auberge Rimbaud? Drittens: Wer durchsuchte die Zimmer von Chief-Inspector Grover, Major Bishop, Nigel Unsworth und mir und was hoffte diese Person dort zu finden? Viertens: Wie konnte Clifford Marsh in seinem Zimmer erschossen werden, obwohl nicht nur die Zimmertür, sondern auch die Balkontür von innen verschlossen waren? Fünftens: Was hatte es mit dem Salz in den Zimmern von Clifford Marsh und Nigel Unsworth und später dem Puder im Zimmer von Sheila Nesbitt auf sich? Sechstens: Warum schüttelte uns Lady Avondale ab, als Chief-Inspector Grover und ich sie in der Stadt heimlich verfolgten? Siebtens: Wieso wurde ein Tag nach dem Mord an Clifford Marsh ein Loch in die Wand geschlagen, die sein Zimmer von dem Zimmer Unsworths trennte? Achtens: Wer stürzte die Statue vom Hotelsims und wen sollte sie treffen? Neuntens: Wie kam das Gift in das Glas von Sir Horace, obwohl alle Augen auf ihm ruhten? Und zum Schluss – Zehntens: Wer tat es dort hinein?«

Ich blickte in die Runde, eine gereizte Spannung lag in der Luft, einige Personen waren blass geworden. Ich wandte mich abrupt zu Arleen Avondale um. »Fangen wir doch mit Ihnen an.« Die Züge der Angesprochenen versteinerten. Sie sah mich finster an, sagte aber nichts. »Also«, begann ich, »als wir Sie zum ersten Mal befragten, stellten Sie Ihren verstorbenen Ehemann als einen wahren Heiligen dar, obwohl Sie doch ganz genau wussten, dass er, zumindest früher, in krumme Geschäfte verwickelt war.«

Lady Avondale zog indigniert die Augenbrauen hoch und machte eine Handbewegung, als verscheuche sie eine lästige Fliege. »Das sind alles nur Gerüchte. Üble Nachrede, nichts weiter.«

»Nein, das sind die Akten von Scotland Yard.«

»Wie auch immer, mein Mann wurde nie verurteilt.«

»Aus Mangel an Beweisen. Nicht wegen erwiesener Unschuld.«

»Und wenn schon, kann man es einer trauernden Ehefrau verdenken, wenn sie versucht, das Andenken an ihren verstorbenen Mann in Ehren zu halten?«

»Gut, lassen wir das. In diesem ganzen Fall war dies wahrscheinlich die harmloseste aller Lügen. Weniger harmlos ist schon, wie Sie reagierten, als wir Sie fragten, wer kurz vor dem Tod Ihres Mannes in seiner Nähe gestanden hat und wem Sie einen Mord zutrauen. In beiden Fällen war es in etwa dieselbe Antwort. Sie schlossen sich selbst, Ihre Nichte und Clifford Marsh, den Compagnon Ihres Mannes, aus. Durchaus verständlich, denn das ist gewissermaßen Familie. Bei Nigel Unsworth waren Sie sich in beiden Fällen nicht sicher, was jedoch Major Bishop anging, den Sie laut Ihrer Aussage kaum kennen, wussten Sie nicht nur, dass er ebenfalls weit entfernt von Ihrem Mann gestanden hatte, Sie hielten es auch für, ich zitiere, ›völlig undenkbar‹, dass er der Mörder sein könnte. Ich frage Sie, Lady Avondale: Wie können Sie das wissen, wenn Sie ihn doch kaum kennen?«

Sie zuckte die Schultern. »Weibliche Intuition.«

»Wohl eher weibliche Raffinesse«, stellte ich fest. »Sie taten alles, um den Major vor Verdächtigungen unsererseits zu schützen, wobei Sie gleichzeitig jegliche Verbindung mit ihm leugneten.«

Lady Avondale verzog einen Mundwinkel zu einem herablassenden Lächeln. »Ihre Schlüsse sind reichlich voreilig, guter Mann.«

Ich lächelte doppelt so herablassend zurück. (Wir Danbys sind berühmt für unser herablassendes Lächeln.) »Das wären sie vielleicht, wenn sie nur auf dem Gespräch mit Ihnen beruhten«, erklärte ich gelassen, »doch als Nächstes sprachen wir mit dem Major. Und hier hatte ich so etwas wie ein Déjà-vu, denn er erzählte uns fast dasselbe. Er gab an, Sie, Lady Avondale, kaum zu kennen, hielt es aber gleichzeitig für undenkbar, dass Sie etwas mit dem Mord an Ihrem Mann zu tun haben könnten. Eine recht bemerkenswerte Übereinstimmung, finden Sie nicht?«

Major Bishop lachte etwas gezwungen. »Das sind alles reine Zufälle.«

»Ist es ebenfalls Zufall, dass Sie in unserem Gespräch Ihre Geliebte stets als ›Lady Avondale‹ bezeichneten und Ihnen einmal versehentlich ein ›Arleen‹ herausrutschte? Ist es Zufall, dass Sie vor einigen Tagen über den Balkon in Ihr Zimmer zurückklettern, wofür es Zeugen gibt? Ist es Zufall, dass Sie sich gelegentlich in der Auberge Rimbaud aufhalten und dass Lady Avondale, als Chief-Inspector Grover und ich ihr heimlich folgten, uns abschüttelte? Nein, Sie, Major, unterhalten eine heimliche Affäre mit Lady Avondale, so wie Sie – wie Ihren Militärakten zu entnehmen ist – auch schon früher Amouren mit verheirateten Frauen unterhielten; es ist zwecklos, es zu leugnen.«

Der Major war blass geworden und starrte mich erschüttert an. Beschämt senkte er den Kopf. Nigel Unsworth hatte sich von seinem Stuhl erhoben. Empörtes Erstaunen lag auf seinem Antlitz. »Natürlich, jetzt ist alles klar, die beiden hatten eine Affäre und deshalb ermordeten sie Sir Horace. Und weil Lady Avondale die ganze Firma für sich alleinhaben wollte, ermordete sie auch Clifford Marsh. Sie durchsuchten mein Zimmer nach Geschäftsakten und ließen es nach der Tat eines Wahnsinnigen aussehen. Als Nächstes unternahmen sie mittels der herabfallenden Statue einen Attentatsversuch gegen mich, weil sie befürchten mussten, dass ich sie durchschauen würde, und dann …«

Ich warf ihm einen strengen Blick zu. »Eins nach dem anderen, Mr. Unsworth, würden Sie bitte wieder Platz nehmen?«

Unsworth zögerte einen Moment, als wollte er noch etwas sagen, dann setzte er sich wortlos. Ich benötigte einen Moment, um meine Gedanken zu ordnen, dann fuhr ich fort: »Als Nächstes unterhielten Chief-Inspector Grover und ich uns mit Clifford Marsh.

Er konnte keine hilfreichen Angaben zum Mord an Horace Avondale machen, doch er erwähnte etwas, dem ich in diesem Moment keine Bedeutung beimaß, das jedoch rückblickend in einem gänzlich anderen Licht erscheint. Er sagte nämlich, dass ihm davor graue, sich nach dem Tod von Sir Horace nun auch mit der geschäftlichen Seite auseinandersetzen zu müssen. Er habe kürzlich versucht, die Bilanz der Firma zu lesen, es aber nicht dazu gebracht, dass sie am Ende ausbalanciert war. Er führte das auf seine mathematische Unfähigkeit zurück, aber fragen wir uns doch für einen Moment das Folgende: Was, wenn Marsh es sehr wohl geschafft hat, die Bilanz richtig zu lesen? Was, wenn die Fehler, die er seinem mangelnden Überblick zuschrieb, genau so dastanden. Was, wenn die Bilanz falsch war?«

Im Saal hätte man eine Stecknadel fallen hören können. Nur das leise Schlagen der Wellen gegen den Bug war zu vernehmen. Ich warf einen Blick zu Capitaine

Cabillaud, der mit unbewegtem Gesicht an die Decke starrte.

»Es wäre schließlich nicht das erste Mal, dass die Bilanzen von Sir Horace manipuliert waren«, fuhr ich fort. »Was, wenn Sir Horace sich *nicht* gebessert hatte und erneut krumme Geschäfte machte? Vor seinem mit Zahlen auf Kriegsfuß stehenden Compagnon hätte er dies leicht verbergen können. Nicht jedoch vor dem Prokuristen der Firma. Nigel Unsworth muss es gewusst haben, ja ich behaupte, er war auch selbst tief darin verstrickt.«

»Lächerlich!«, rief Unsworth mit aufgesetzter Forschheit. »Dafür haben Sie nicht den geringsten Anhaltspunkt.«

»Ich fürchte doch, Mr. Unsworth. Ihr weiteres Verhalten lässt leider keinen anderen Schluss zu.«

»Mein weiteres Verhalten? Ich – was soll das heißen?«

»Nun, da ist einiges zu nennen, zum Beispiel, dass ich Sie gestern Abend im Casino sah, wo Sie um hohe Summen spielten, die wohl kaum zum Salär eines Firmenangestellten passen. Vielleicht hofften Sie, durch einen hohen Gewinn die fehlenden Gelder in der Kasse ausgleichen zu können, bevor es jemand bemerkte. Aber das ist in der Tat Spekulation. Nein, der Hauptpunkt dürfte wohl sein, dass Sie Clifford Marsh ermordeten.«

Unsworth sprang erneut auf. »Sie sind ja geistesgestört!«, schrie er mit schriller Stimme und wandte sich an Capitaine Cabillaud. »Ich fordere Sie auf, hier einzuschreiten. Das muss ich mir nicht bieten lassen!«

Cabillaud war die Freundlichkeit selbst. »Sie müssen. Und wann ich einschreite, entscheide ich selbst. Fahren Sie bitte fort, Monsieur Danby.«

Ich verbeugte mich leicht in seine Richtung. »Merci, Capitaine. Nun, Monsieur Unsworth, als Ihnen nach dem Tod von Sir Horace klar wurde, dass sich künftig Clifford Marsh um das Geschäftliche kümmern würde, gerieten Sie in Panik, denn es war nur eine Frage der Zeit, bis Marsh auf die Ungereimtheiten in der Bilanz stoßen würde. Zunächst versuchten Sie, Clifford Marsh bei unserer ersten Befragung in Misskredit zu bringen. Sie behaupteten, es hätte in jüngster Zeit Spannung zwischen ihm und Sir Horace gegeben. Wahrscheinlich hofften Sie, so den Verdacht darauf zu lenken, dass *er* seinen Compagnon ermordet habe. Falls Marsh verhaftet worden wäre, hätten Sie – selbst wenn sich irgendwann Clifford Marshs Unschuld herausgestellt hätte – zumindest Zeit gewonnen, Zeit, die Sie dringend benötigten, um die Manipulationen in der Bilanz zu verschleiern. Doch dann stellten Sie fest, dass dieser Plan zu unsicher war, und beschlossen, lieber auf Nummer sicher zu gehen und stattdessen Marsh zu ermorden. Ich muss zugeben, dass Sie mit äußerstem Raffinement vorgingen. Zunächst brauchten Sie natürlich eine Mordwaffe. In der Hoffnung, im Hotelzimmer von Chief-Inspector Grover eine solche zu finden, brachen

Sie dort ein und durchsuchten es. Doch leider wurden Sie dort nicht fündig. Also beschlossen Sie, es beim Major zu versuchen. Über den Balkon stiegen Sie dort ein, wobei Sie beinahe von Sheila Nesbitt ertappt worden wären, die den Major verdächtigte, der Mörder von Sir Horace zu sein, und ausgerechnet an diesem selben Morgen ebenfalls in das Zimmer des Majors kletterte, um es nach Beweisen zu durchsuchen. Sie, Mr. Unsworth, verbargen sich hinter dem Vorhang. Sheila Nesbitt bemerkte, dass Ihre Schuhspitzen darunter hervorguckten, und ergriff die Flucht. Dann stahlen Sie den Revolver des Majors. Doch nun standen Sie vor einem weiteren Problem: Wie konnten Sie Marsh erschießen, ohne dass der Verdacht auf Sie fiele? Da ersonnen Sie einen genialen Plan: Sie gingen nach dem Frühstück, als der Speisesaal leer war, hinein und stahlen sämtliche Salzstreuer. Später, als Sie wussten, dass Clifford gerade nicht in seinem Zimmer war, das übrigens direkt neben Ihrem liegt, stiegen Sie über den Balkon bei ihm ein und verstreuten einen Großteil des Salzes auf dem Fußboden. Dann kletterten Sie zurück und streuten den Rest auf Ihren eigenen Boden.«

Ich wandte mich an die übrigen Anwesenden. »Immer wieder haben wir uns gefragt, wie Clifford Marsh in einem von innen verschlossenen Zimmer, bei dem Marsh zu seiner Sicherheit sogar eine Stuhllehne unter die Türklinke geklemmt hatte, erschossen werden konnte. Die Lösung, die Nigel Unsworth fand, um dieses Problem zu lösen, ist wahrhaft genial zu nennen. In diesem Zusammenhang eine Frage an Sie alle: Sind Ihnen die kleinen Bilder vom alten Deauville aufgefallen, von denen in allen Hotelzimmern so viele an den Wänden hängen?« Einige nickten. »Nun, Nigel Unsworth tat in dieser verhängnisvollen Nacht Folgendes: Er wartete, bis Clifford Marsh zu Bett gegangen war; dazu musste Mr. Unsworth nur auf seinen eigenen Balkon treten und beobachten, bis in Marshs Zimmer nebenan die Lichter verlöschten. Wahrscheinlich ließ er noch eine halbe bis eine Stunde verstreichen, bis er ans Werk ging, um sicherzugehen, dass Marsh auch wirklich schlief. Dann nahm Mr. Unsworth eines der kleinen Bilder von der Wand und bohrte dahinter ein kleines Loch, das in Marshs Zimmer führte. Ich nehme stark an, dass Sie, Mr. Unsworth, als Sie am Vormittag das Salz in Marshs Zimmer verstreuten, die Gelegenheit nutzten, um dort die genaue Positionen der Bilder abzumessen, um von ihrer Seite sicher sein zu können, dass sich das Loch auch aufs Marshs Seite hinter einem dieser Bilder befinden würde. Sie schoben durch das Loch das Bild an Marshs Wand zur Seite, steckten den Lauf des Revolvers hindurch und erschossen Marsh. Dann zogen Sie den Revolver zurück, wodurch das Bild wieder in seine originale Position zurückschwang und das Loch verdeckte. Auf ihrer Seite hängten Sie ebenfalls wieder das dorthin gehörige Bild über das Loch. Natürlich lag nun in Marshs Zimmer unter dem Loch in der Wand Mörtel und Farbe auf dem Boden. Normalerweise wäre er beim Betreten von Marshs Zimmer sofort von uns und der Gendarmerie bemerkt worden, doch dafür hatten Sie genial vorgesorgt. In all dem Salz auf dem Boden fiel ein bisschen weißer Putz überhaupt nicht auf. Um für weitere Verwirrung zu sorgen, hatten Sie auch in Ihrem eigenen Zimmer Salz verstreut, ja Sie bestanden sogar darauf, dass Capitaine Cabillaud sich das ansah, um den Verdacht zu erwecken, dass Sie das nächste Opfer des Mörders sein könnten. Es war das perfekte Verbrechen.

Oder vielleicht doch nicht?« Ich blickte fragend in die Runde.

»Ist Ihnen meine Herrschaften auch vor einigen Nächten dieses leise Klopfen aufgefallen, das im ganzen Hotel zu hören sein musste? Ich war damals nicht sicher, ob es real war oder ob ich es nur geträumt hatte, doch jetzt weiß ich, dass es real war, und auch, wodurch es hervorgerufen wurde. Durch Sie, Mr. Unsworth. Irgendwann in der Nacht muss Ihnen nämlich zu Ihrem Schrecken aufgegangen sein, dass Ihr perfekter Plan einen winzigen Schönheitsfehler aufwies. In dem Moment, wo jemand eines der beiden bewussten Bilder von der Wand nähme, würde er das Loch entdecken, durch das Sie Clifford Marsh erschossen hatten, und Sie hätten in der Bredouille gesessen. Früher oder später würde das geschehen. Es war nur eine

Frage der Zeit. Sie wussten, dass Sie sofort handeln mussten. Das Loch hatte zu verschwinden. Aber wie? Zuspachteln und überstreichen? Dafür hatten Sie nicht das nötige Material und selbst wenn, hätte man den Unterschied zur restlichen Wand sofort bemerkt. Also hämmerten Sie – so leise wie möglich – möglicherweise sogar mit dem Revolver des Majors – ein Loch in die Wand, das so groß war, dass ein Mann bequem hindurchsteigen konnte. Das war das leise Klopfen, was in der Nacht zu hören gewesen war. Jegliche Spur von dem Originalloch war nun getilgt. Dann verwüsteten Sie Ihr eigenes Zimmer und holten Chef-Inspector Grover und mich am Morgen vom Frühstück weg, um uns Ihr Werk vorzuführen. Erneut taten Sie so, als seien Sie das Opfer. Des Revolvers hatten Sie sich entledigt, indem Sie ihn noch in der Nacht, wie schon zuvor die Salzstreuer, aus dem Fenster im Hotelflur in das Blumenbeet warfen. Doch all das reichte Ihnen nicht, Sie wollten ganz sichergehen, dass alle glaubten, dass auch Sie auf der Todesliste des Mörders – der Sie selbst waren – standen. Also inszenierten Sie einen Anschlag auf sich selbst. Sie schlichen in der Abenddunkelheit auf den Hotelsims, legten ein Seil, das Sie an der Dachrinne festgebunden hatten, um eine der Statuen und kippten sie nach vorne. Dann stellten Sie eine brennende Kerze unter das Seil. Sie wussten, nach einigen Minuten würde das Seil reißen und die Statue auf die Hoterrasse stürzen. Jetzt mussten Sie nur noch an dem Tisch direkt unter der Statue Platz nehmen und den Dingen ihren Lauf lassen, alles andere würden die Kerze und die Schwerkraft für Sie erledigen. Doch dann entdeckten Sie zufällig Chief-Inspector Grover und mich und sahen eine Gelegenheit: Entweder würden Sie uns als Zeugen des Anschlages haben, die aus nächster Nähe gesehen hatten, dass man es auf Sie abgesehen hatte, oder die Statue würde einen von uns oder sogar uns beide töten, was Ihnen auch recht gewesen wäre, da wir ja in dem Fall ermittelten. So oder so würden Sie profitieren. Doch auch das reichte Ihnen noch nicht. Um weitere Verwirrung zu stiften, brachten Sie auch mein Zimmer in Unordnung, und in der Hoffnung, dass man davon ausgehen würde, dass man ihm auch den Mord an Clifford Marsh zur Last legen würde – was ja nur nahe läge – versuchten Sie den Mörder von Sir Horace zu finden. Sie hatten wahrscheinlich bemerkt, dass der Major jeden Morgen in die Stadt ging, was Ihnen verdächtig erschien. Wir wissen inzwischen, dass er sich dort heimlich mit Lady Avondale in der Auberge Rimbaud traf, aber das konnten Sie natürlich nicht wissen. Darum verfolgten Sie ihn dorthin und ich sah Sie dort herauskommen und …«

»Einen Augenblick bitte«, schaltete sich der Major ein. »Sie sagten soeben, Unsworth habe versucht, den Mörder von Sir Horace zu finden.«

»Ganz recht.«

Der Major wirkte verwirrt. »Aber ist er nicht selbst der Mörder von Sir Horace? Ich meine, davon reden Sie doch schon die ganze Zeit, oder nicht?«

Ich sah ihn überrascht an. »Nicht, dass ich wüsste. Nigel Unsworth ist der Mörder von Clifford Marsh, daran gibt es nichts zu rütteln, aber mit dem Mord an Sir Horace hat er nichts zu tun.«

Totenstille verbreitete sich im Saal, verwirrte Blicke schwirrten umher.

»Aber … aber wer war es dann?«, stammelte der Major.

Ich lächelte ihm beruhigend zu. »Eins nach dem anderen, bitte, eins nach dem anderen. Darauf werde ich zu gegebener Zeit eingehen. Kommen wir nun zu Sheila Nesbitt.«

Die junge Dame wurde blass um die Nase. »Ich … ich habe nichts getan.«

»Au contraire, Miss Nesbitt. Sie taten einiges. Zum Beispiel ließen Sie eine Gravur aus einem Ring entfernen und versuchten, es vor uns abzustreiten.«

»Das hab ich Ihnen aber doch erklärt.« Sie warf einen ängstlichen Blick zu Lady Avondale hinüber.

»Ach ja, richtig. Angeblich handelte es sich bei dem Ring um ein Geschenk des Majors an Ihre Tante und Sie hätten nur versucht, sie vor einer möglichen Kompromittierung zu schützen. Doch als wir Ihre Tante darauf ansprachen …«

»Sie haben *was*?« Blankes Entsetzen lag auf Sheila

Nesbitts Gesicht und sie schien im Erdboden versinken zu wollen.

»… wirkte sie ehrlich überrascht. Zwar leugnete sie, eine Liaison mit dem Major zu unterhalten, doch das war ohne weiteres als Lüge zu durchschauen. Nein, dieser Ring gehört nicht Ihrer Tante, sondern niemand anders als Ihnen, Miss Nesbitt.«

»Und wenn schon!«, rief sie trotzig. »Ich bin nicht die Mörderin. Haben Sie den Puder in meinem Zimmer vergessen? Ich sollte das nächste Opfer sein!«

Ich lächelte amüsiert. »Stimmt. Der Puder. Eine überaus interessante Arabeske dieser Geschichte. Hab ich recht, Lady Avondale?«

Die Angesprochene kniff streng die Lippen zusammen. »Woher soll *ich* das wissen?«

»Nun, ich denke, Sie waren nicht allzu erfreut, dass Ihre Nichte uns gegenüber Ihre Affäre mit Major Bishop ausplauderte.«

Ich gab ihr Gelegenheit, einen giftigen Blick zu Sheila Nesbitt zu werfen, dann fuhr ich fort: »Aber das ist längst nicht alles. Als wir Ihnen von dem Ring erzählten und dass Sheila Nesbitt die Gravur hatte entfernen lassen, da wussten Sie Bescheid. Ihnen war bekannt, dass niemand anders als Ihr Gatte, Sir Horace, ihr den Ring geschenkt hatte. Scheinbar eine ganz harmlose Sache. Ein Geschenk für die Nichte der Ehefrau. Vielleicht zum Geburtstag. Das durfte ruhig jeder wissen. Doch von der Gravur war Ihnen nichts bekannt. Dass

Sheila diese nun entfernen ließ, öffnete Ihnen die Augen: Ihr Ehmann und Ihre Nichte unterhielten ebenfalls eine heimliche Affäre.«

Arleen Avondale lief dunkelrot an, aus ihren Augen schossen Flammen auf Sheila Nesbitt.

»Es ist mehr als verständlich«, setzte ich meine Ausführungen fort, »dass Sie außer sich vor Zorn waren, Lady Avondale. Was lag näher, als sich an Ihrer Nichte zu rächen? Sie sollte glauben, dass *sie* das nächste Opfer auf der Liste des Mörders sei. Da Sie kein Salz zur Hand hatten, verwendeten Sie Puder und verstreuten ihn in Miss Nesbitts Zimmer. Sie wollten Ihre Nichte in Todesangst versetzen. War es nicht so, Lady Avondale?«

Die Angesprochene verzog verächtlich den Mund. »Diese undankbare Kröte hat nichts anderes verdient! Sie hat mich mit meinem Mann betrogen.«

»Und wenn schon?«, kreischte Sheila Nesbitt. »Du hast ihn auch betrogen.«

»Das gibt *ihm* vielleicht das Recht, mich ebenfalls zu betrügen«, versetzte Lady Avondale, »aber dir noch lange nicht!«

»Vielleicht kann ich Sie ein wenig beruhigen«, wandte ich mich an Lady Avondale. »Sir Horace war dabei, die Affäre mit Miss Nesbitt zu beenden.«

»Woher wollen Sie das wissen?«

»Ich weiß es nicht, aber es muss so gewesen sein. Denn nun komme ich auf das Mordmotiv zu sprechen.«

Lady Avondales Gesichtszüge entgleisten. Entsetzt starrte sie auf Ihre Nichte. »Du warst es, du ...!«

Ich hob beschwichtigend die Hand. »Davon habe ich nichts gesagt. Ich bitte Sie alle nur noch um wenige Augenblicke Geduld, dann wird sich alles aufklären.« Ich sah in die Runde, alle Augen waren auf mich gerichtet. Ich räusperte mich. »Nun denn, wie ich bereits eingangs erwähnte, handelt es sich bei Ihnen allen ausnahmslos um Lügner. Einige Gründe für diese Lügen mögen weniger verwerflich sein als andere, doch das ändert nichts an folgender Tatsache: Sie alle hatten ein Motiv, Sir Horace zu töten.

Sie, Major Bishop, wollten Ihre Geliebte ganz für sich allein haben und Sie, Lady Avondale, wollten ebenfalls viel lieber mit dem Major zusammen sein. Natürlich wollten Sie auf das Leben im Luxus und Ihren Titel nicht verzichten, daher kam eine Scheidung nicht in Frage.

Sie, Mr. Unsworth, waren tief verstrickt in die Betrügereien von Sir Horace. Fürchteten Sie die Entdeckung? Zwang er Sie vielleicht zu immer weiteren, immer gewagteren Betrügereien? Wollten Sie aussteigen und er ließ Sie nicht?

Und Sie Miss Nesbitt. Hatte Sir Horace genug von Ihnen? Wollte er sich trennen? Drohten Sie ihm womöglich, seine Betrügereien, von denen er Ihnen vielleicht in schwachen Stunden erzählt hatte, auffliegen zu lassen und zur Polizei zu gehen? Und merkten Sie, dass er dennoch entschlossen war, sich von Ihnen zu trennen?

Und schließlich wäre da noch Clifford Marsh. War er wirklich der gutmütige Einfaltspinsel, als der er erschien, oder war er vielleicht Sir Horace auf die Schliche gekommen und fürchtete um den Fortbestand der Firma, wenn dieser nicht mit seinen Betrügereien aufhörte?«

In der Kajüte herrschte eine gespenstische Stille. Alle schienen mich mit ihren Blicken geradezu zu durchbohren. »Allerdings hat diese Medaille noch eine Kehrseite«, setzte ich meine Ausführungen fort. »So richtig es ist, dass Sie alle ein Motiv hatten, Sir Horace zu ermorden, so richtig ist es auch, dass Sir Horace bei jedem einzelnen von Ihnen ein Motiv hatte, *Sie* zu ermorden. Seine Frau und den Major, die ihn betrogen, seine Geliebte, Miss Sheila Nesbitt, die drohte, zur Polizei zu gehen, wenn er sich von ihr trennte, Nigel Unsworth, der viel zu viel über sein Betrügereien wusste, und schließlich Clifford Marsh, der sich die Bilanz angesehen hatte und Ungereimtheiten gefunden hatte, die er nicht als solche erkannte, sondern sie seinem eigenen mathematischen Unvermögen zuschrieb, doch war darauf Verlass, dass es so blieb? Nein, Sie alle waren in der einen oder anderen Weise Sir Horace im Weg und darum entschloss er sich, Sie alle zu ermorden. Allerdings ließ er sich Zeit, sein Plan war bis ins letzte Detail durchdacht. Bis auf eines, aber darauf komme ich später zu sprechen. Sein erster raffinierter Schachzug war die Wahl des Ortes, an dem er die Morde begehen wollte. Nämlich in Frankreich. Wahrscheinlich ging er davon aus, dass die französische Polizei wesentlich weniger stark daran interessiert sein würde, die Morde an fünf englischen Touristen aufzuklären, als die englische.« Ich sah, dass mir Capitaine Cabillaud einen strengen Blick zuwarf. »Natürlich lag Sir Horace da in diesem Fall völlig falsch«, fügte ich schnell hinzu, »aber nachvollziehbar ist der Gedanke durchaus. Die zweite Raffinesse war, die Party auf seiner eigenen Yacht stattfinden zu lassen. Hier hatte er nicht nur alles unter Kontrolle, was wichtig für seinen Plan war, doch davon später – auch hierbei ging er davon aus, dass ein Mord auf einer Touristenyacht weniger genau untersucht würde als in einem französischen Hotel. Aus demselben Grund hat er zu seiner Party auch keinen einzigen Franzosen eingeladen. Dafür aber umso mehr Engländer. Auf diese Weise gab es an Bord sehr viel mehr Verdächtige, als wenn er mit seinen fünf Mordopfern allein gewesen wäre, und zum anderen plante er zusätzlich zu den Fünfen, eine Reihe weitere Gäste zu ermorden. Seine fünf eigentlichen Opfer wären dann nun einige unter vielen gewesen, was seine Motive verschleiert hätte, da er die anderen Gäste, wie er ja selbst in seiner kleinen Rede betonte, gar nicht kannte. Möglicherweise ist dies das Teuflischste an seinem Plan. Doch kommen wir nun zum

Eigentlichen: Sir Horace plante seine fünf Opfer und etliche weitere Partygäste mittels eines starken Giftes zu töten. Aus diesem Grund zog er vor uns allen seine große Cocktailmixnummer ab und bestand darauf, dass keiner seinen Cocktail sofort trank, sondern erst, wenn *alle* einen hatten. Hätte einer früher getrunken und wäre tot zusammengebrochen, wären alle anderen gewarnt gewesen und …«

»Ich begreife nichts von dem, was Sie sagen, Danby!«, rief der Major dazwischen. »Das Ganze ergibt keinen Sinn. Wie und wann hätte Horace denn das Gift in die Drinks befördern können, ohne dass man es bemerkte? Schließlich haben wir ihm ja alle zugesehen.«

Ich hob den Kopf. Durch das offene Bullauge hörte ich ein Motorboot näherkommen. Ich sah auf meine Armbanduhr und nickte befriedigt. Offenbar hatte man sich exakt an meine Vorgaben gehalten. Wenige Augenblicke später vernahm ich die Schritte von mehreren Männern an Deck.

»Nun, das ist eine berechtigte Frage«, erwiderte ich dem Major. »Ja es ist geradezu die Kernfrage dieser Affäre.«

In diesem Moment betrat Gendarm Pêcheur die Kajüte. Er blieb neben der Tür stehen und blickte zuerst zu Capitaine Cabillaud und dann zu mir. Ich gab ihm durch ein diskretes Nicken zu verstehen, dass er sich bereithalten solle, das zu tun, was ich zuvor mit ihm verabredet hatte. Dann wandte ich mich wieder an

Major Bishop: »Natürlich wäre es einfach für Sir Horace gewesen, das Gift in diverse Flaschen zu füllen. Da er ja schon vorher wusste, was für einen Cocktail er für sich selbst mixen würde, hätte er die entsprechende Flasche nur markieren und für sich beiseitestellen müssen. Andererseits musste er damit rechnen, dass die Polizei nach der Party die Flaschen untersuchen würden, was sie ja auch getan hat. Wenn sie dann darin Gift gefunden hätte, wäre er als Gastgeber der Hauptverdächtige gewesen. Im Übrigen hat Capitaine Cabillaud ja, wie wir alle wissen, tatsächlich sowohl die Reste in den geleerten Flaschen als auch den Inhalt der noch verschlossenen Flaschen analysieren lassen. In keiner davon fand sich Gift, nicht wahr, Capitaine?«

Cabillaud nickte knapp. »Correctement, Monsieur.«

»Zum Teufel, wie hat er es dann gemacht?«, rief der Major.

Ich lächelte milde. »Vielleicht hat der eine oder andere von Ihnen im Hotel ja auch schon Bekanntschaft mit Tallulah Quayle gemacht. Die Dame versteht sich aufs Okkulte. Eine Welt, der ich äußerst kritisch gegenüberstehe. Kürzlich legte sie mir die Karten, übrigens, ohne dass ich sie dazu aufgefordert hätte, wie ich ausdrücklich betonen möchte und dabei sagte sie in Bezug auf diesen Fall zwei recht seltsame Dinge: Zum einen, dass dabei die Zahlen zwei und drei eine wichtige Rolle spielten – darauf komme ich gleich – und zum anderen sagte sie über den Mörder, dass er kein Gewissen und kein Herz habe und dass in seinen Adern Eiswasser flösse. Ich muss gestehen, es hat sehr lange gedauert, bis mir plötzlich ein Licht aufging. Sie hat völlig recht. Was hat denn kein Gewissen und kein Herz und in wessen Adern fließt Eiswasser?«

Ich sah fragend in die Runde. Niemand rührte sich, also fuhr ich fort: »Die Antwort auf diese Frage könnte nicht naheliegender sein: Eiswürfel. Das Gift befand sich in den Eiswürfeln. Auf diese Weise war kein Gift in den Flaschen und Sir Horace konnte auch sicher sein, seine fünf Hauptopfer zu vergiften, unabhängig, welchen Cocktail sie bei ihm bestellten. Denn eines gehört zu jedem Cocktail: Eiswürfel.«

Ich machte eine Pause, um alle diese Information gebührend verarbeiten zu lassen.

»Das ist alles Unsinn!«, rief Lady Avondale mit leicht hysterischer Stimme. »Horace hatte selbst auch Eiswürfel in seinem Cocktail!«

»Allerdings«, erwiderte ich, »und somit komme ich zum springenden Punkt. Wie schon gesagt: Sir Horace wollte nicht *alle* Gäste vergiften, sondern nur seine fünf ausgesuchten Opfer sowie eine Reihe von Zufallsopfern. Schließlich wollte er ja, dass noch eine stattliche Anzahl an Verdächtigen übrigbliebe. Also tat er etwas sehr Raffiniertes. Er bereitete drei Kübel mit Eiswürfeln vor. Im ersten waren alle vergiftet, in den anderen beiden nicht. Den vergifteten Kübel stellte er in den einen Eisschrank, die anderen beiden Kübel in den anderen Eisschrank. Während der Vorbereitung zu der Party erklärte Sir Horace dem Kellner minutiös, wie er zu arbeiten habe, jedes noch so kleine Detail war ihm wichtig, unter anderem auch, aus welchem Eisschrank er ihm den ersten Kübel mit Eiswürfel zu bringen habe – die mit dem Gift. Und hier unterlief ihm ein fataler, wenn auch sehr verständlicher Fehler.« Ich wandte mich an Gendarm Pêcheur: »Würden Sie bitte Jacques hereinbitten? Merci!«

Pêcheur verschwand für einen Moment und kam gleich darauf mit Jacques zurück, der diensteifrig in die Runde sah. Ich erhob meine Stimme. »Dies ist der Kellner, dem Sir Horace erklärte, aus welchem Eisschrank er den ersten Kübel Eiswürfel holen solle.«

Erneut wandte ich mich an Pêcheur und bat ihn, nun auch Jean hereinzuholen, welcher gleich darauf erschien. »Und dies«, fuhr ich fort, »ist der Kellner, den Sir Horace aufforderte, ihm die Eiswürfel zu bringen.«

Ein allgemeines Raunen ging durch die Anwesenden.

»Wie auch Sir Horace und mir«, setzte ich den verblüfften Anwesenden auseinander, »war wahrscheinlich auch den meisten von Ihnen bis eben nicht klar, dass es zwei sind. Zwillinge. Man kommt einfach gar nicht auf die Idee, wenn man sie nicht zusammen sieht. Tallulah Quayle hatte völlig recht, als sie behauptete, dass die Zahlen zwei und drei bei diesem Fall eine wichtige Rolle spielten. Es waren zwei Kellner und drei Eiskübel. Zunächst verlangte Sir Horace den vergifteten, doch der Kellner, der von nichts wusste, brachte einen unvergifteten aus dem zweiten Eisschrank. Dann verlangte Sir Horace einen zweiten Kübel. Er sollte unvergiftet sein und war es auch. Zum Schluss fehlte nur noch das Eis zu einem einzigen Cocktail. Zu seinem eigenen. Er verlangte nach dem dritten Kübel, den er ebenfalls für unvergiftet hielt. Doch genau das war der vergiftete. Er ermordete sich selbst, ohne es zu ahnen, da er nicht bemerkt hatte, dass es sich um zwei Kellner handelte.«

Im Saal herrschte Grabesstille, nur der sanfte Wellengang des Meeres war zu vernehmen. Dann erhob sich Capitaine Cabillaud. Er zog würdevoll seine Uniform zurecht und wandte sich zu Nigel Unsworth. »Sie sind verhaftet, Monsieur. Würden Sie bitte …«

»Keiner bewegt sich!« Nigel Unsworth hatte sich ein Tranchiermesser vom Buffet geschnappt, blitzschnell Sheila Nesbitt beim Arm gepackt und hielt ihr von hinten das Messer an die Kehle. Alle erstarrten. Unsworth schien es ernst zu meinen. Er atmete schwer, seine Augen quollen aus den Höhlen und er warf wilde Blicke um sich wie ein Abgeordneter der Labourparty. Kurzum, er wirkte komplett wahnsinnig. »Ich werde nun von Bord gehen«, zischte er mit heiserer Stimme. »Sollte jemand einen Versuch unternehmen, mich aufzuhalten, ist die Lady tot, verstanden?« Niemand wagte, eine Antwort zu geben, aber es war offensichtlich, dass alle verstanden hatten. Langsam bewegte sich

Unsworth mit seiner Geisel rückwärts auf die Kajütentür zu. Mit der linken Hand tastete er nach der Klinke; für einen kurzen Moment wandte er den Blick nach hinten. Das war alles, was ich brauchte. Ich ergriff meine eiserne Boule-Kugel und mit einer zielsicheren Bewegung aus dem Handgelenk – ganz so, wie es mir Jacques und Jean beigebracht hatten – warf ich sie über vier Yards in Richtung Unsworth, wo sie punktgenau auf seinem linken Fuß landete. Unsworth heulte auf, ließ das Messer fallen und krümmte sich vor Schmerz. Im nächsten Moment waren die beiden Gendarmen bei ihm und legten ihm Handschellen an.

Für Nigel Unsworth hieß es nun: rien ne va plus.

Kapitel 41

Ein neuer Morgen war hereingebrochen. Capitaine Cabillaud hatte alle Personen, die auf der Cocktailparty von Sir Horace gewesen waren (bis auf Nigel Unsworth natürlich, der wahrscheinlich schon auf dem Weg in die Bastille war) ins Hotelrestaurant gebeten, ihnen ihre beschlagnahmten Pässe retourniert und eine charmante Rede gehalten, in der er bekannt gab, dass der Fall nun aufgeklärt sei, wobei er großmütig – und mir verschwörerisch zuzwinkernd – erwähnte, dass dies allein Chief-Inspector Grovers und mein Verdienst sei. (Ich sah, wie Julius C. Hartford bei diesen Worten ein wenig blass wurde.) Anschließend ließ Cabillaud Champagner reichen. Feierlich erhob er das Glas: »Mesdames et Messieurs, auf …« Er stockte.

»Auf Frankreich!«, rief ich und alle stimmten sofort ein – wenn auch vielleicht nur aus Erleichterung, nun endlich nach Hause zu dürfen.

(Der Ordnung halber muss ich anmerken, dass ich nicht wirklich sicher bin, ob Capitaine Cabillaud wirklich Champagner oder überhaupt etwas servieren hatte lassen. Rückblickend erscheint mir das selbst etwas unwahrscheinlich, aber in diesem Moment kam es mir jedenfalls so vor. Die Art, wie Capitaine Cabillaud sprach, ließ ihn eigentlich grundsätzlich wirken, als habe er dabei ein Glas Champagner in der Hand.)

Bald darauf setzte im Hotel allseits ein reges Treiben ein, denn fast alle der über mehrere Tage festgehaltenen Gäste drängten nun darauf, unverzüglich abzureisen. Auch ich, doch zuvor gab es noch einiges zu erledigen. Zuerst verwickelte ich Tallulah Quayle in ein Gespräch, währenddessen ich unauffällig herausfand, mit welchem Zug sie abzureisen gedachte. Kaum hatte ich es in Erfahrung gebracht, bestellte ich mir ein Billett für einen Zug, der zwei Stunden früher abfuhr. Dann begleitete ich Chief-Inspector Grover zum Bahnhof, wo er ein Zugabteil dritter Klasse bestieg. Dass er Frankreich verlassen konnte, schien ihn über die Maßen froh zu stimmen, beziehungsweise ein gutes Stück weniger missmutig.

Ich winkte ihm noch mit meiner Baskenmütze hinterher, bis der Zug in der Ferne verschwunden war.

Dann suchte ich Julius C. Hartford III. in seiner Suite auf und nachdem ich ihm eine ausführliche Schilderung der jüngsten Ereignisse auf der Caledonia gegeben hatte, kassierte ich meinen Wettgewinn. Erfreulicherweise machte er – anders als von mir befürchtet – keinerlei Schwierigkeiten. Hartford stellte mir einen Scheck aus und überreichte ihn mir mit der Würde eines noblen Verlierers. Zum Trost schenkte ich ihm ein Boule-Set, das er etwas verwundert entgegennahm.

Einen beträchtlichen Teil meines gewonnenen Geldes investierte ich bereits eine halbe Stunde später in einem Bureau de Tabac, wo ich mich – quasi als landestypisches Souvenir – mit einer Jahresration an Gauloises-Zigaretten bevorratete.

Nachdem ich ein letztes deliziöses Souper im Hotel eingenommen hatte, war die Stunde meiner Abreise gekommen. Ich sagte Jacques & Jean Adieu und auch von Sweeney verabschiedete ich mich. Dieser wusste dabei mit einer wunderbaren Neuigkeit aufzuwarten, denn vor mir stand niemand anders als der neue Generalvertreter der Hartford-Cocktailschirme für ganz Frankreich. Ich gratulierte ihm frohen Herzens. Es war ein überaus beruhigendes Gefühl, diese verantwortungsvolle Aufgabe nun in britischer Hand zu wissen.

Kapitel 42

Eine halbe Stunde darauf saß ich im Zug nach Paris. Ich hatte entschieden, dass – nun, wo ich mich schon einmal in Frankreich befand – es doch eine gute Gelegenheit sei, sich auch noch den ganzen Rest dieses schönen Landes anzusehen, angefangen bei der Hauptstadt.

Eine gute Gauloises genießend, blickte ich versonnen hustend aus dem Fenster auf die malerische Landschaft der Normandie und dachte darüber nach, was auf dieser Reise wohl noch alles geschehen würde …

Apropos »geschehen«: Falls Sie Chief-Inspector Grover einmal treffen sollten, wäre ich keineswegs überrascht, wenn er Ihnen eine völlig andere Geschichte erzählen würde, ja wenn er diesen Fall am Ende gar so darstellen würde, als hätte nicht ich, sondern *er* ihn aufgeklärt, also fragen Sie ihn besser gar nicht erst. Im Grunde ist es doch auch eigentlich völlig egal, *wer* nun diese Madeleine gegessen hat und *wer* im Einzelnen *was* gesagt oder getan hat, das sind Petitessen. Ich denke, entscheidend ist doch letztendlich nur, *dass* der Fall aufgeklärt wurde und ich meine Wette gewonnen habe. Grover ist da mit seiner Pingeligkeit in diesen Dingen leider etwas *zu* englisch. Ihm fehlt das gewisse Je ne sais quoi, das entspannte Flair des Laissez-faire, beziehungsweise das Savoir-vivre. Traurig für ihn. Aber ich fürchte, da kann man wohl nichts machen. C'est la vie …

Guy McLean ist ein Pseudonym des Autors Stefan Lehnberg. Er ist ein wahres Multitalent. Schauspiel, Regie, Schriftstellerei – in all diesen (und zahllosen weiteren) Bereichen ist der Wahlberliner unglaublich erfolgreich. Er ist nicht nur der Verfasser der Lord-Danby-Reihe und mehrerer Theaterstücke, sondern war unter anderem als Autor für Harald Schmidt und Anke Engelke tätig. Seine tägliche Radiocomedy »Küss mich, Kanzler«, bei der Lehnberg als alleiniger Autor, Regisseur und männlicher Hauptdarsteller fungierte, brachte es auf über 3000 Folgen, und sein Roman »Mein Meisterwerk« wurde mit dem Ephraim-Kishon-Satirepreis ausgezeichnet. Weitere Höhepunkte seiner Karriere markieren die Veröffentlichung von »Das persönliche Tagebuch von Wladimir Putin«, »Comedy für Profis – Das Praxisbuch für Autoren und Comedians« sowie die drei Goethekrimis »Durch Nacht und Wind«, »Die Affäre Carambol« und »Die Briefe des Ikarus«. Außerdem sieht er gut aus, ist hochintelligent und verfügt über einen edlen Charakter. Doch ist ihm nichts davon zu Kopf gestiegen. Im Gegenteil: Er ist immer der sympathische Kumpel von nebenan geblieben, der sich auch keineswegs zu schade ist, mal ein paar biographische Zeilen über sich selbst zu schreiben.

www.lehnberg.com